A. de NOUVAL

Illustrations
de J. ROY

Ed. MONNIER, Éditeur, 16, rue des Vosges, PARIS

1884

NISQUE !

NISQUE!

I

Lord Lionel Whiteneckcloth bâillait appuyé contre un décor. Éclairées par un maigre bec de gaz quelques figurantes chuchotaient dans un coin. Monocle sur l'œil, un dandy en cravate blanche se promenait de long en large, tenant à la main un énorme bouquet de gardénias.

Paquita, la diva, était en scène. Elle chantait les fameux couplets de la *Girafe qui éternue* et le bruit des applaudissements enthousiastes troublait seul le silence des coulisses.

Lord Whiteneckcloth bâillait toujours.

Tout à coup il se produisit un grand brouhaha dans la salle. On entendit le bruit strident d'une giffle et une voix courroucée de femme cria : « Zut ! je me fiche de vous tous ! »

Un ouragan de sifflets s'éleva de tous côtés. C'étaient des cris, des injures, des trépignements féroces.

Lord Lionel était sorti de ses bâillements et cherchait autour de lui l'explication de ce tumulte, quand une petite femme, toute tremblante, la face cachée dans ses mains, passa auprès de lui en courant. C'était Paquita.

Le dandy au monocle s'approcha d'elle et lui tendit ses gardénias d'une façon assez gauche. Paquita lui jeta le bouquet au nez, en murmurant d'un ton d'exaspération indicible : « Crétin va ! »

Et elle disparut dans un couloir, laissant le jeune homme tout interloqué.

Le rideau était tombé. Tous les acteurs étaient rentrés dans les coulisses où le désordre était indescriptible. Dans la salle le public continuait à vociférer : « Paquita ? le rideau ? Paquita ? »

Lionel s'approcha de Tonio, le ténorino, qui tâchait de

faire comprendre ce qui s'était passé à ceux qui l'entouraient. Au premier coup d'œil le jeune Anglais vit que Tonio avait reçu la giffle : sa joue droite était toute rouge en dépit de son fard ; puis il se démenait, gesticulait avec tant de fureur qu'il était évident pour tous qu'il étouffait de rage.

— C'est une effrontée, criait-il, une jalouse ! Parce que j'épouse Mélie oser me souffleter ! Si cela s'était fait dans ma loge encore ! Mais en public ! Quel affront ! Aussi on l'a bien arrangée : elle a été huée ! Elle est propre maintenant !

Et les vociférations du public étaient comme la conclusion terrible de ces paroles.

Le régisseur ne savait plus où donner de la tête ; le chef d'orchestre était maintenu à son pupitre par les cris des spectateurs; le directeur aux abois allait de droite et de gauche, tout pâle, hors de lui ; on commençait à tout casser dans la salle et Paquita ne voulait pas entendre raison. Elle s'était enfermée dans sa loge et s'obstinait à ne pas répondre, pas plus aux menaces qu'aux prières. C'était à devenir fou ! Le directeur accosta Tonio, lui dit quelques mots à voix basse ; Tonio fit un signe d'assentiment et rentra en scène. Le rideau se leva. Un calme de mort plana sur la salle. A la vue du ténorino, du pauvre ténorino giffié, il y eut des applaudissements mêlés d'éclats de rire ; puis on l'écouta : « Mesdames et Messieurs, je « suis chargé d'un très désagréable message : Mademoiselle

« Paquita est dans un état nerveux qui ne lui permet pas « de continuer la représentation. On va rendre l'argent « au contrôle. Les personnes qui en feront la demande « auront droit à un coupon pour la représentation de « demain. Mademoiselle Mélie remplira le rôle de « Mademoiselle Paquita, et, comme elle n'est pas sujette « aux attaques de nerfs, nous espérons que tout se passera « sans.... incident. »

Et en saluant, il porta la main à sa joue. On rit et on applaudit ; le public commença à évacuer la salle dans un silence relatif.

La rampe s'éteignit. Les coulisses furent désertées. Les choristes et les figurants s'engouffrèrent dans les corridors étroits et dans les escaliers roides. Le directeur avait quitté le théâtre ; le jeune gommeux avait trouvé à placer assez avantageusement son bouquet, et lord Whiteneckcloth, sur l'ordre du régisseur, sortait parmi les derniers, quand Paquita, enveloppée dans un grand manteau sombre, fit irruption hors de sa loge.

Le jeune lord et la diva descendirent l'escalier côte à côte, sans néanmoins échanger une parole. Arrivée au bout du couloir de sortie, Paquita s'arrêta un peu tremblante. Du dehors des huées arrivaient jusqu'à elle. Il y avait là, sur le trottoir, une centaine d'hommes prêts à la siffler sans pitié, à la maltraiter peut-être. La foule exaspérée n'a plus de cœur. La jeune femme n'osait plus avancer. Elle se retourna, cherchant des yeux quelques secours. Derrière elle, le régisseur verrouillait soigneusement la grille d'entrée des artistes.

— Monsieur Boniface, lui dit-elle, ne pourriez-vous pas me conduire jusqu'à un fiacre? J'ai un peu peur de tout ce monde là !

— Ma chère, lui répondit le vieux bonhomme, vous avez eu l'aplomb de giffler un acteur en scène, vous ne reculerez pas devant quelques moustaches.

Et il s'éloigna.

Paquita prit son courage à deux mains, releva ses jupes pour pouvoir marcher plus librement et fit quelques pas vers le trottoir. Mais lord Whiteneckcloth s'approcha d'elle et lui dit :

— Veuillez m'attendre une minute, Madame, j'espère vous tirer de *cette petite* embarras!

Il sortit de pied ferme, fit arrêter sa voiture juste en face la porte du théâtre, puis donna le mot au valet de pied qui ouvrit la portière.

Il rentra dans le corridor et reparut bientôt avec Paquita à son bras. Il s'ouvrit à coups de parapluie un passage dans la foule, jeta presque l'actrice dans le coupé et monta derrière elle non sans avoir reçu quelques horions. La portière se referma et la voiture partit aux clameurs de la foule déconcertée.

II

Par l'esclandre de Paquita la représentation avait été interrompue vers dix heures.

A dix heures vingt minutes le public avait évacué la salle.

A dix heures trente le régisseur avait poussé les verrous.

A dix heures quarante-cinq Mademoiselle Paquita rêvait, couchée sur le divan de son boudoir et... seule.

L'Anglais, après sa généreuse intervention, avait été discret.

Voici à quoi rêvait Paquita :

« Il a la carapace d'un brave garçon, ce milord; une
« fortune assez calée, dit-on; mais quelle drôle d'idée que
« d'aller s'ennuyer tous les soirs dans les coulisses; c'est
« par genre. Je me ferais assez bien à sa *bille* s'il ne
« bâillait pas toujours à s'en décrocher la machoire.
« Tonio est joli garçon, lui, mais il a l'air d'un fondant de
« chez Boissier. Et dire que j'aime cet imbécile là avec
« ses moustaches qui sentent la vanille et ses yeux de
« sucre d'orge à l'absinthe! Ah! Mon Dieu, que je suis
« bête! Mon Dieu, que je suis bête! »

La petite femme, s'étant levée, arpentait la chambre et marquait fièvreusement le pas sur le tapis :

« Ah ! que je suis bête ! Que je suis bête ! C'est fini : le « public me sifflera maintenant ; mon directeur me fera « un procès et je le perdrai. Me voici dans de fichus draps ! « Et tout cela pour ce cafard qui m'a laissé ignorer son « prochain mariage ! Petit jésuite, va ! Il me faisait la « cour ; je gobais cela. Ce soir il a eu le front de me « souffler la nouvelle dans l'oreille, à brûle-pourpoint, « quand j'en étais à *Ma Girafe qui éternue !* Ah ! le « traitre... à la Girafe ! J'ai éternué faux, bien entendu, « je n'y étais plus, moi... et ils m'ont sifflée ces crétins-là ! « Et je les ai envoyé promener ! Tout cela pour cette « guimauve de Tonio !... Ah ! Que je suis bête ! Que je « suis bête ! »

Elle allait, les dents serrées, les poings crispés, les yeux pleins de larmes, renversant chaises, vases, bibelots, tout ce qui lui tombait sous la main ; puis, un peu calmée par cet exercice violent, elle prit le bon parti, celui de se coucher et de dormir.

Elle se réveilla vers neuf heures, rose, fraiche, toute reposée. Elle était adorable ainsi, avec ses cheveux blonds frisottant autour de son front, avec son nez légèrement retroussé, sa bouche rieuse et ses yeux noirs tout pétillants de malice.

Elle sonna :

— Mariette, les journaux ?

Puis se laissant retomber sur son oreiller et avec un gros soupir :

— Ils m'éreintent *turellement !*

Mariette apporta les journaux.

Paquita prit le *Figaro :*

« Mademoiselle Paquita, cette jeune artiste trop gâtée,
« a giflé en scène son camarade Tonio. Le public s'est
« fâché, a réclamé des excuses ; l'étoile s'est entêtée à n'en
« pas donner. Bref, désordre, sifflets, huées : une célébrité
« de coulée ! »

Paquita froissa le *Figaro* et déplia le *Gil Blas :*

« Ne faites pas trop fête aux enfants, n'applaudissez pas
« trop les divas... »

Elle n'en lut pas davantage ; elle ouvrit le *Soleil :*

« Bravo ! le public montre les dents. Il en a assez de
« ces médiocrités de petits théâtres qui... »

Le *Soleil* fût déchiré en mille pièces ; Le *XIXe Siècle* disait :

« Une petite effrontée qui se croit du talent... »

— Au feu ! Au feu ! cria Paquita exaspérée ; puis avec une rage sourde :

— Et encore hier, hier ils me prônaient, m'adulaient, me baisaient les doigts ! chacun de mes caprices était un trait d'esprit, chacune de mes grimaces un sourire exquis et aujourd'hui, ils m'écharpent ! Ah ! je voudrais tenir un journaliste sous ma griffe, un seul !

L'accès de colère passé elle se dit :

— Bah ! j'ai des amis. Ils me consoleront, me trouveront quelque chose, me feront engager à Belleville, aux Gobelins, s'il le faut ! On me ferme un théâtre, vingt autres vont s'ouvrir. Je n'aurai qu'à choisir et cela aujourd'hui même. Je suis bien sotte de me chagriner ; j'ai eu cent autres lubies et elles m'ont toujours profité. Tout Paris va s'occuper de moi ; les curieux vont assiéger ma porte ; les reporters vont envahir mon salon ; je suis une femme emballée pour la gloire !

Elle se leva, s'habilla coquettement, disposa son appartement comme pour une grande réception ; attendit toute la matinée, tout l'après-midi, toute la soirée. Personne ne vint.

Elle passa une nuit blanche, envoya de nouveau quérir les journaux dès le matin, les parcourut tous. Pas une ligne la concernant.

Les critiques semblaient s'être entendus pour l'oublier. Elle était enterrée, on faisait déjà le silence autour de sa tombe.

Paquita fut prise d'un dernier accès de rage qui se fondit dans un torrent de larmes.

Quand elle s'essuya les yeux, Mariette debout devant elle lui tendait une lettre. La pauvre diva l'ouvrit machinalement, eut un moment d'hésitation devant cette grosse écriture moulée et son regard alla à la signature : « Lord Whiteneckcloth. »

Elle lut :

« Je suis un des grands propriétaires de l'Écosse, je « possède cent vingt mille livres de revenus, et... j'ai le « spleen.

« Voici ce que c'est : La vie est d'une uniformité « désespérante. Je suis las de voir le Vendredi précéder « le Samedi, et le Lundi suivre le Dimanche; de voir « les diners se distinguer des déjeûners par un potage. Le « jour on est éveillé, la nuit on dort. On voyage en « chemin de fer, on se promène à cheval ou en voiture, on « flâne sur ses pieds. L'Été il fait toujours chaud, l'Hiver « toujours froid. Tous les bourgeois sont polis, tous les « commerçants obséquieux, tout le peuple insolent, toutes « les séances de la Chambre sont énervantes, celles du « Sénat ennuyeuses, celles de l'Institut à dormir debout. « Une grisette vous aime pour une montre d'or, une « cocotte pour un hôtel aux Champs-Élysées, une femme « du monde pour six mois d'extase admirative. Ainsi « va ma vie, comme une pendule bien réglée qui serait « remontée pour toute mon existence. Ah ! qui viendra « heurter le balancier, avancer ou retarder l'aiguille, « souffler le grain de poussière dans le rouage? Sera- « ce vous?

« Je bâillais dans la coulisse de votre théâtre, je « m'ennuyais tranquillement quand votre incartade est « venue secouer ma torpeur et surexciter ma curiosité. « A la sortie j'ai été bousculé ; j'ai reçu pour la première

« fois de ma vie deux grands coups de poing dans le « côté. Ce fût une surprise désagréable mais enfin... « une surprise. J'ai eu, dans cette soirée, plus d'incidents « à noter que dans dix années quelconques de mon « existence déjà vécue. Ah ! L'imprévu ! L'imprévu ! C'est « le seul Dieu que j'implore. Il semble attaché à votre « personne ; je m'attache à vous.

« Votre carrière théâtrale est momentanément inter-« rompue. Vous vous ennuierez, moi, je m'ennuie. « Fondons nos deux humeurs noires ensemble ; il en « sortira peut-être quelque chose d'amusant. Mes millions « sont à vos petits pieds. »

Paquita battit des mains, s'élança vers son secrétaire et répondit :

« Mon gros lord,

« Tu as raison : n'y va pas par quatre chemins. Tu « t'embêtes n'est-ce pas ? Tu roupilles dans ta béatitude de « millionnaire, tu veux du mouvement ? N'aie pas peur, « je t'en donnerai !

« Seulement il me vient... un scrupule. J'ai un amour « dans le cœur, un amour bête, mais enfin, j'ai un amour. « Alors, tu comprends, à part le mouvement.... *nisque !* « Rien entre nous. Voici mon traité d'alliance offensive et « défensive.

« Si cela te convient... avec le *nisque*, viens me « chercher, je t'attends. »

Puis, à tout hasard, elle alla faire ses adieux à Clara, la seule amie que ne lui eussent pas enlevée les rivalités de théâtre.

« Cette pauvre Clara, se dit-elle en chemin, je ne peux « pas partir sans lui laisser un souvenir ! »

Elle passait devant Gouache. Elle entra et choisit une splendide boîte de bonbons.

« Cinquante francs », dit la caissière. Paquita ouvrit son porte-monnaie, il lui restait tout juste cinquante francs. Chez Clara, les premières effusions passées, ses aventures récentes une fois contées, elle jeta un regard inquiet vers la pendule, mais vit qu'elle avait le temps de questionner.

— Et Monsieur Paul ?

— Monsieur Paul, lui répondit son amie, il est toujours aussi heureux dans le choix des cadeaux qu'il me fait. Devine ce qu'il m'a apporté hier ?

— Un bracelet ? Une robe ? Un poney ?

— Ah ! bien oui, il ne sort pas des livres ! et quels livres encore ! Le dictionnaire de M. Littré !

— Et tu acceptes ça sans l'épiler un peu ? puis tout à coup, tâtant son porte-monnaie flasque, la petite diva ajouta :

— Ah ! Clara, je suis esquintée. Tu serais bien chic de me prêter quarante sous pour rentrer en sapin ?

Et elle laissa la boîte de bonbons sur la table.

III

Lord Lionel Whiteneckcloth était assis dans un large fauteuil, les pieds étalés sur une moelleuse peau d'ours. Il retirait, de temps à autre, son cigare de sa bouche pour bâiller plus aisément.

Dans ce mouvement de mâchoires, ses yeux se fermaient son front se plissait, son nez se retroussait, ses lèvres s'écartaient et découvraient de grandes dents blanches, des dents d'Anglais. Il était laid. Ses maxillaires revenues au repos, on voyait une jolie figure, régulière, un peu grasse, un peu rouge et manquant de physionomie, mais l'ensemble en était agréable. Les yeux étaient d'un bleu très doux. La moustache blonde et fine. Lionel était grand, bien proportionné, vigoureux, quoique géné par un embonpoint naissant.

Le bruit de la porte qui s'ouvrait lui coupa son bâillement en deux. Un valet de pied lui présenta une lettre. Le lord la prit et dès les premiers mots il eut un haut-le-corps : Paquita l'appelait *son gros lord*. Il eut un sourire de satisfaction : c'était de l'imprévu. Son sourire s'accentua : elle le tutoyait. Comment s'attendre à cela ?

Il se leva avec un empressement qui stupéfia le valet. Il enfila hâtivement son pardessus et prit ses gants.

Il n'y avait plus personne quand le domestique apporta

le parapluie. C'était la première fois que milord sortait sans son objet chéri.

Paquita l'attendait. En entrant Whiteneckcloth salua très bas, puis lui prit la main et la lui baisa.

— Vous avez reçu ma lettre ? demanda-t-elle.

— Oui, Madame.

— Madame ?

— Pardon, Mademoiselle. Je suis à vos ordres.

Paquita se leva :

— En route alors !

Puis se ravisant :

— Au fait, pas de malentendu, n'est-ce pas? Vous avez compris le *nisque?*

Et cette question était accompagnée d'un geste expressif. Si le lord n'avait pas compris, il comprenait maintenant.

— Je comprends le *nisque,* dit-il, et je suis résolu, en véritable gentleman, à ne jamais vous tourmenter à ce sujet.

Ceci était débité d'un ton par trop calme. Paquita eut un mouvement d'humeur. Lionel n'était pas un phraseur. Il ne fit pas attention au dépit de la diva et ne répara rien.

Elle retrouva presque aussitôt son sourire.

— Quittons ces lieux funestes ! déclama-t-elle en manière de récitatif.

— Pour où aller ? demanda Whiteneckcloth.

— Mais pour aller au Havre.

— Au Havre? répéta le lord avec inquiétude, et pourquoi faire au Havre ?

Paquita, impatientée, s'avança vers lui résolument et le regardant bien en face :

— Voulez-vous de l'imprévu, oui ou non ?

— Certainement je demande... je veux... de l'imprévu... mais...

— Pas de questions alors. Vous paierez chaque fois qu'on vous le demandera, comme c'est convenu, et ne vous occupez pas du reste.

Le jeune lord se le tint pour dit. Il eut un sourire de satisfaction en emboitant le pas derrière elle. Aller au Havre? Il ne s'attendait pas à celle-là, par exemple!

Une fois dans la rue, Paquita lui prit le bras.

— Appelez un sapin ?

Lionel regarda autour de lui avec flegme puis se retourna vers elle :

— Vous demandez?

— Un sapin.

— Oh ! yes, un sapin, très bien. Il regarda encore une fois autour de lui avec le même flegme.

Paquita lui secoua nerveusement le bras :

— Mais là, en face de vous ; vous n'avez donc pas d'yeux ?

— Ah ! c'est cela un sapin ? très bien.

Et faisant un signe au cocher, un vieux grognard :

— Come here, sapin, come, come !

— Dites donc, l'Anglais, tachez d'être poli ! dit le cocher.

— Approchez encore, sapin.

— C'est comme ça, grommela l'automédon, eh bien ! des *nefs,* alors ! Il fouetta son cheval et disparut au tournant de la rue.

Paquita éclata de rire.

— Qu'est-ce qu'il a dit, s'il vous platt ? demanda Lionel.

Elle riait de plus en plus fort.

— Des *nefs,* répétait le jeune lord, des *nefs ?* je ne connais pas ce mot là !

Mais la jeune femme commença à s'impatienter :

— Dépéchez-vous, voyons, vous avez l'air d'un emplâtre !

Cette fois il avait compris. Blessé, il s'éloigna, revint dans un fiacre ; on monta, la voiture s'ébranla.

Le lord était un peu guindé : « Emplâtre, emplâtre ! pensait-il, c'est un peu trop imprévu cela. »

On arriva à la gare et dix minutes après lord Whiteneckcloth et Paquita se trouvaient en coupé, dans le train express en route pour le Havre. Le jeune Anglais était tant soit peu étourdi et fatigué. La nuit tombait ; il s'installa confortablement dans un coin.

La petite diva l'attendait de pied ferme : « Il va ouvrir le feu, se disait-elle, c'est sûr. Mais j'ai dérouté des galants plus malins que cet original. »

Le lord n'ouvrait rien du tout que la bouche pour bâiller.

« Fais le sournois, va laideron, pensait Paquita, je ne te crains pas. »

— Good nigth, miss Paquita, murmura le lord, et il s'endormit la bouche ouverte.

Paquita au bout de quelques minutes se pencha vers lui. Elle entendit un ronflement sonore et paisible.

— C'est qu'il dort pour de bon », s'écria-t-elle.

Et se renfonçant dans son coin avec un mouvement nerveux :

« Anglais, va ! »

IV

Le lendemain, Mademoiselle Clara reçut le message suivant :

« *Le Havre*, 1er *Mai* 188..

« Ma chère Clara, me voici au Havre avec mon english.
« Je puis déjà t'annoncer qu'il n'est pas bavard ; il

« n'ouvre la bouche que pour bâiller et pour manger. « Tu comprends qu'avec un tel compagnon j'aurai besoin « de me décharger le cœur. Je t'enverrai donc, numéro « par numéro, mon journal de voyage. Si cela t'embête, « dis-le, ne te gène pas, parce que... je te l'enverrai « tout de mème !

« Nous partons dans deux heures sur le *Labrador*, un « transatlantique épatant. Mon englisch a pris des « premières, rien que ça de luxe. A ce point de vue, là, « tu sais, il est très bien. Il paie tout rubis sur l'ongle. « On n'a pas besoin de se prendre de bec avec les gens « de l'hôtel pour obtenir cinquante centimes de rabais. « Ça me change un peu. Seulement il bâille trop et ça le « rend affreux ! Ça vous ôte toute envie d'entrer en « conversation... intime. Du reste, il ne paraît pas s'en « soucier. Tant mieux, car je suis idiote, mais je pense « toujours un peu à ce petit crétin de Tonio.

« Mon Anglais s'est estomaqué quand je lui ai annoncé « que nous partions pour New-York ; mais le moment « de surprise passé, il a souri. Il n'était plus si laid. Je « crois que je commence à l'amuser ; il m'amuse aussi, « c'est un type. Ah ! mais, un vrai ! Si je pouvais te le « repasser pendant vingt-quatre heures tu t'en désopilerais « la rate pour le reste de ta vie.

« Je te becquète les pommettes. — PAQUITA. »

Voici ce que lord Whithoneckcloth écrivit à la même date sur son carnet :

« Miss Paquita veut partir pour New-York; je consens.
« Je me suis pesé : 99 kilos.

« Dépenses. — Un sapin : 10 francs. Déjeuners, diners, « chemin de fer. hôtel : 300 francs. Passage à bord du « *Labrador* : 1,200 francs. Une boite d'allumettes : 0,10.

V

« *5 Mai 188... — A bord du Labrador.*

« Ma Rara, les poètes et les romanciers n'ont pas tort : « on éprouve quelque chose à quitter sa patrie et ce « quelque chose c'est le mal de mer. Mon english est « blême depuis qu'il a mis le pied sur le pont et il a laissé « tomber autre chose qu'un pleur dans la mer. Il a été « malade, malade. C'est joliment bête pour un voyage « d'agrément ; mais le plus bête, ma chère, c'est que j'ai « eu la bonté de rester auprès de lui, de le soutenir, de « l'encourager... pas à continuer.

« Aujourd'hui le temps est meilleur. Il (mon lord) a pu « se lever. Depuis qu'il est sur pied la vie de bord me « semble moins ennuyeuse. On s'amuse même. Quelques « passagers sont très gais. Nous faisons de la musique, « un jeune avocat et moi. Je lui ai chanté *La Girafe qui « éternue, le Rhinocéros qui a mal aux dents, la Cigogne « qui va chez ma Tante, les Hippocampes et le « Téléphone*, bref tout mon répertoire animal.

« Lord Whitenock... Whitenick... Whiteneck...
« zut! (je ne pourrai jamais écrire ce nom-là) était assis
« dans un fauteuil, près du piano ; il n'a pas bâillé une
« seule fois. Moi, pour voir jusqu'à quel point il était
« flegmatique, j'ai fait la coquette avec le petit avocat.
« Lord Whitheneckzuth n'a pas bronché. J'ai forcé la
« dose ; il est sorti tout tranquillement du salon. Et
« l'avocat comme un imbécile s'est figuré que c'était pour
« lui ! Il a voulu continuer... Ah ! mais, je l'ai rabattu,
« il fallait voir ! Quel seau d'eau froide ! Il ne savait plus
« où se fourrer.

« — Que prétendez-vous, Monsieur? lui ai-je dit ; me
« conter fleurette, à moi, une lady ! Et cela presque au
« nez de mon mari ! Cela ne se fait pas. Où avez-vous été
« engraissé, espèce de morveux? — Ah! j'ai bien joué
« mon rôle, va. Je l'ai laissé atterré, persuadé qu'il est
« d'avoir manqué de respect à une vraie lady.

« Je t'embrasse. »

Lord Whiteneckcloth en était à la huitième page de son carnet. Quelques feuilles étaient restées aussi blanches que la face du pauvre Anglais pendant ces jours d'épreuves. La neuvième page portait :

« Miss Paquita m'a soigné d'une façon dévouée, exquise,
« inoubliable.

« Je me suis pesé : 95 kilog.

« Je vais mieux. »

Dans un moment de loisir, Paquita reprit la plume :

« Je m'ennuie comme un poisson rouge dans son bocal. « Lord Whiteneckcloth (j'ai enfin attrappé ce nom là !) « recommence à bâiller. Ça manque d'imprévu. Heureu-« sement que nous allons arriver.

« Sans donner de coups de canif à notre traité d'alliance, « est-ce que tu ne trouves pas que mon Anglais pourrait « bien... risquer... risquer seulement d'entamer le « *nisque* ? Il me semble que j'en vaux la peine. Ah ! bien « oui ! Il y a, à bord, une Espagnole qui fait de l'œil à « mon english et c'est qu'il a l'air de la gober. Elle a des « crins noirs assez potables ; c'est la seule chose dont parle lord Whiteneckcloth. Qu'ai-je imaginé ? de « fouiller dans ma malle. J'ai trouvé une perruque brune « et, ce matin, je me la suis plantée sur la tête. J'étais à « croquer, mais mon Anglais a fait la grimace ! Quand je « te dis qu'il n'est pas tenable ! Enfin nous allons « débarquer ! Ce petit imbécile d'avocat a eu le front de « refaire le galantin. Tu sais tout ce que je lui avais dit ! « Eh bien ! ma chère, ça n'a fait aucun effet, au contraire. « Après tout, les grandes dames aiment peut-être ces façons « et alors... il se croit obligé... c'est égal, il m'agace « ce poupard là ! »

Dernières impressions de traversée de Lionel :

« Miss Paquita est devenue brune. Je la préférais « blonde. Je pèse 91 kilog. »

VI

« *13 Mai 188...* — *New-York.*

« Nous avons débarqué à *Jersey-City*. C'est plat. Pas « de clochers, de flèches, de tours. Rien que des toits au « même niveau ; mais les rues sont larges et belles. Nous « habitons dans un hôtel de la cinquième avenue un « appartement très chic. Les passants fourmillent, les « équipages sont luxueux ; et les femmes ? Les femmes, « ma chère, sont jolies certainement, mais attifées, « attifées ! Du rouge, du jaune, du vert, du bleu : de vrais « perroquets.

« Le soir nous avons parcouru *Broadway* et *Wallstreet*, « le quartier de la finance. J'aurais voulu que tu me « *visses* (un imparfait du subjonctif, ma chère, rien que « cela ! Quand je te dis que je me distingue !) donc que tu « me visses m'étaler dans l'équipage loué par lord Lionel. « Ah ! ma vieille, c'est pour le coup que Mélie aurait ragé. « J'avais une toilette épatante, tu sais, ma fameuse robe « de l'*Œil poché*. C'est style un peu... Scala, mais c'est « épatant tout de même. Tout le monde me regardait et « mon gros *lolord* n'était pas fâché d'être à mes côtés « malgré ses airs indifférents. La preuve en est qu'il n'a « pas bâillé une seule fois.

« En rentrant j'étais éreintée. Je me suis enfermée dans

« ma chambre ; puis comme je m'ennuyais, j'ai fait « demander à lolord s'il voulait me venir faire la « conversation. Milord était sorti !!

« C'était un peu fort !

« Je courus à son appartement : vide ! Je m'informai : « Il était au théâtre.

« Oui, ma chère, en ce moment il est au théâtre. C'est « d'un sans gène ! Tu comprends bien que demain je lui « ferai une scène à tout casser ; il faudra bien qu'il sorte « de son flegme. Ah ! il aime l'imprévu ! Je lui en ficherai « de l'imprévu.

« Au théâtre ? je ne coupe pas là dedans ! »

« *14 Mai.*

« Il est venu me trouver dans ma chambre pour « s'informer de ma santé. J'étais décidée à me contenir : « — Asseyez-vous, rustre ! lui dis-je d'une voix charmante,

« Il s'assit et tira son porte-cigares.

« — Pas de ça ! J'ai la migraine.

« Il soupira et rempocha son tabac.

« — Milord est sorti hier ?

« — Oui, fit-il nonchalamment.

« — Vous êtes allé au spectacle?

« Il releva un peu la tête : vous le savez?

« — Oui, je le sais! Vous croyez être éduqué, Milord, « vous n'êtes que sevré! c'est du dernier goujat! » Je ne « lui dis rien autre chose. Il a été pétrifié de mon sang-« froid et de ma modération. Sa politesse, l'après-midi, a « été exquise. Je crus que j'avais produit quelque effet; « eh bien! pas du tout! Pendant que je changeais de « robe pour le dîner, il s'est encore tiré des ripatons. « C'est inouï!

« Je suis plongée dans l'abattement. Il faut l'arracher à « New-York, il n'y a pas à dire; il faut l'entraîner jusque « dans les forêts vierges : ça doit être un pays innocent!

« Au revoir, Clara. »

Un coup d'œil, aux mêmes dates, sur le carnet du lord :

« 13 *Mai* 188...

« Promenade à Broadway. Miss Paquita était adorable, « oh! tout à fait adorable; puis elle a été si bonne durant « la traversée, si dévouée! Jamais je n'aurais cru qu'une « femme pût avoir autant de cœur....

« J'étais sur le point de lui avouer le trouble de mon « âme, mais elle est si imprévue que j'ai craint de l'offen-« ser; puis je me suis rappelé notre bizarre petit traité et « le fameux *nisque!* Cela m'a rendu triste, *insurmonta-« blement* triste, et alors... le soir... j'ai voulu me... « consoler avec une jolie petite dame du *high-life* que « j'ai rencontrée ... sur le macadam. Elle m'a appelé son

« *gentle-baby*... et bien d'autres choses prévues ! Ah !
« miss Paquita *for ever* ! »

Après ces lignes étonnantes de la part d'un homme aussi taciturne, venaient les dépenses :

« Voitures, hôtel : 1.600 francs. A la petite dame *of the*
« *high-life* : 1.000 francs, plus un bracelet d'or. »

Puis à la date du 14 mai :

« Miss Paquita m'a reçu fort mal ce matin. Dispute.
« J'ai une égratignure au nez, c'est un peu shocking,
« mais il n'y a que Miss Paquita pour avoir de ces audaces
« là. Quel dommage qu'elle soit incompréhensible....
« et qu'il y ait le *nisque* ! Je suis retourné me consoler
« avec la petite dame. Elle m'a très bien reçu malgré mon
« égratignure. Elle a même trouvé que ça me donnait
« un air militaire... et elle m'a prié de lui avancer
« quelques mille francs. Je me demande comment font
« ces pauvres officiers avec leur maigre solde, eux qui
« ont l'air encore plus militaire que moi ! »

VII

Le matin du 15 mai, Paquita parcourait fiévreusement son guide ; puis après un moment de réflexion, elle s'écria :

« C'est cela ! J'ai trouvé ! »

Elle mit la dernière main à sa toilette, boucla ses valises et donna le mot au personnel de l'hôtel.

Au moment où la pendule sonnait neuf heures, lord Whiteneckcloth se présenta. Il salua et s'informa de sa santé comme de coutume. Paquita fut rieuse, aimable, charmante.

— Je voudrais, lui dit-elle, faire quelques emplettes, il me faudrait deux mille francs.

Le lord posa la somme sur la cheminée, non sans un geste d'étonnement : c'était la première fois que la gentille diva lui faisait une demande d'argent.

— Maintenant, reprit-elle toujours souriante, je vous demanderai le sacrifice de votre journée.

Lionel s'inclina et retourna à son appartement pour s'apprêter à sortir. Lorsqu'il revint, Paquita avait son chapeau sur la tête ; une voiture les attendait.

— Où devez-vous aller, Miss ?

— Le cocher a mes ordres.

On s'arrêta devant une gare. Un commis de l'hôtel, envoyé à l'avance, remit deux tickets à Paquita qui les fit disparaitre dans son gant.

Lionel, pensant qu'il s'agissait d'une excursion aux environs de New-York, était fort tranquille. Quand ils furent installés en wagon et que le train se fut mis en branle, Paquita tendit les billets à son compagnon. Il y lut avec stupéfaction : *Washington*.

Elle se tenait les côtes :

— Ah ! vous ne vous attendiez pas à celle-ci, convenez-en ?

Sa grimace en convenait.

— Mais l'hôtel ? gémit-il, nous sommes partis sans payer l'hôtel. On va nous prendre pour des aventuriers ; on va nous poursuivre, nous arrêter peut-être. Quelle honte !

— Tout est soldé, grâce à vos deux mille francs de ce matin !

Le lord ouvrait des yeux grands comme des portes cochères.

— Mais les bagages, reprit-il d'un ton lugubre, les bagages, Miss ?

— Allons, tenez-vous en repos, les bagages nous suivent.

— Ils nous suivent ? en vérité, c'est... incompréhensible !

Cette bonne Paquita savourait l'ahurissement de sa victime. Elle était d'une humeur charmante, jouait coquettement de l'éventail en faisant sonner ses porte-bonheurs, fredonnait, bref, faisait son possible pour attirer l'attention de Lionel.

Le jeune lord revint peu à peu de son étonnement. Les coquetteries de Paquita ne lui échappèrent pas. Il vint s'asseoir près d'elle... tout près d'elle, et lui parla bas... très bas ; la jeune femme se recula nécessairement, affecta de parler à haute voix et de ramener la conversation à des questions très générales ; mais les réponses de Lionel étaient probablement très particulières, car la coquette baissa le ton peu à peu et se mit à l'unisson du lord. On ne saisissait que des fragments de phrases tels que « Je vous aime... Je jure... *for ever !* » et du côté de la dame : « Des mots, tout cela, des mots... Je ne vous crois pas... tous les hommes en disent autant. »

Lord Whiteneckcloth par hasard était très éloquent. On ne voyait pas ses dents. Ses yeux étaient expressifs. Sa moustache blonde effleurait presque la voilette de Paquita. Elle se renfonçait dans son coin, les yeux ouverts et pleins d'une bonne tendresse sincère qui démentait ses petites réponses railleuses. Elle faisait la moue, mais une si jolie moue que celà ne refroidissait pas la faconde du jeune homme. . au contraire !

— Ah ! si vous vouliez, Miss, si vous vouliez. . je n'irais plus me promener sur le macadam comme l'autre soir !

A cette phrase malencontreuse la diva dressa l'oreille. Avec un autre elle se serait mise en colère ou aurait feint de ne pas entendre, avec Lionel, elle voulut savoir et fut insidieuse :

— Bien sûr vous n'iriez plus...?

Le lord ne manqua pas de terminer naïvement la phrase :

— Non, je n'irais plus faire la cour à aucune femme. Je resterais avec vous, près de vous, pour ne plus vous quitter.

— Elle était moins jolie que moi, n'est-ce pas ? demanda Paquita à brûle-pourpoint.

Il ne flaira pas le piège.

— Ah ! beaucoup moins jolie. Une mine chiffonnée...

Elle éclata :

— Ah ! Ah ! c'est comme cela que vous allez au théâtre ? Vous l'avouez, vous venez de me le dire ! Et vous m'offrez votre amour, un amour de raccroc, un amour.....

Une fois lancée à toute vitesse, la jeune personne ne connaissait pas de frein. Elle bredouilla, bredouilla à perdre haleine. Lui écoutait tout. Dès qu'il vit l'orage éclater, il ne chercha aucun abri : il tendit bravement le dos.

Quand elle en eut assez, elle se leva brusquement et alla s'asseoir à l'autre bout du wagon, tournant le dos à Lionel.

Il comprenait la sottise qu'il avait dite. Il lui donna tout le temps de digérer sa mauvaise humeur. Au bout d'une heure, il se rapprocha d'elle, avec un air dégagé, et lui parla de cent choses différentes et indifférentes. Paquita lui répondit par monosyllabes d'abord, par petites phrases ensuite, enfin avec son entrain habituel. D'aucun côté on ne fit allusion à la brouille récente. Ils se trouvaient l'un en face de l'autre, sur le pied d'une intimité un peu froide.

Un quart d'heure avant d'arriver à Washington, lord Whiteneckcloth prit son courage à deux mains et d'une voix ferme bien que tendre :

— Je suis un être grossier, Miss, c'est sûr. Je comprends tout le manque de tact de ma conduite envers vous, mais...

Il s'arrêta, puis après quelques hésitations :

— Est-ce qu'il y a toujours le *nisque* ?

Ah ! Pourquoi montra-t-il ses dents en prononçant le *nisque ?*

Paquita bondit :

— S'il y a le *nisque*? Oui Milord, il y a le *nisque*, plus que jamais, vous entendez? Il y a le *nisque* en toutes lettres et j'y ajoute encore un *s* parce qu'il y en aura plus d'un *nisque!*

Puis accompagnant ces paroles d'un geste risqué presque sous le nez :

— *Nisque ! Nisque ! Nisque !*

VIII

« 18 *Mai* 188... *en chemin de fer.*

« Ma Rara chérie, nous avons déjà quitté Washington.
« Tout ce que nous avait raconté Julia sur son voyage en

« Amérique n'est pas vrai. On peut très bien coudoyer un « passant sans qu'il vous brûle la cervelle. Loin de là, « quand c'est une dame, le passant prend cela en très « bonne part, comme dans les autres pays.

« Ce qui me fait rager c'est de voir le toupet des jeunes « Misses. L'autre jour, en tramway, j'étais en face d'un « bon vieux qui ronflait béatement. Une grosse pouponne « d'une quinzaine d'années (ah ! mais grosse, il fallait « voir !) monte, se plante devant le vieux monsieur et lui « flanque un coup d'ombrelle sur les mains. Il parait que « ça veut dire : « Ote toi de là que je m'y mette ! » Le vieux « s'est réveillé en sursaut mais a cédé sa place sans « broncher. Je n'ai pu me tenir de lui dire : « dites donc, « la petite môme, quand on a pour mollets des poteaux « comme les vôtres, on peut bien se tenir dessus ! » « Elle n'a pas eu l'air de comprendre; elle ne savait « peut-être pas le français... elle avait l'air si bête !

« Je suis en froid avec lord Whiteneckcloth. Il est très « comme il faut. C'est tout ce que je veux... et pourtant... « Je ne dérage pas depuis deux jours ! c'est la chaleur « certainement et puis... je ne sais quoi ! Il me fallait du « mouvement : nous voici partis pour Chicago.

« Et Tonio me diras tu ? Tonio, j'ai laissé son souvenir « dans les profondeurs de l'Océan et je ne peux pas passer « devant un confiseur sans avoir le hoquet.

« Plus d'élégants ici rien que des gens à mine rébarbative « aux cheveux crépus, aux ceintures garnies de révolvers.

« Si le train allait être attaqué par des Peaux-Rouges « comme dans le tour du monde! Ah! ma chère, j'en ai la « chair de poule. Si on allait me scalper? Au fait, ça ne « me ferait pas de mal car, depuis que je suis en froid « avec lord Lionel, j'ai remis ma perruque brune.

« Je ne te raconterai pas tout ce que je vois. Je sais que « tu fais tes papillotes avec le tour du monde auquel t'a « abonnée cet imbécile de Paul pour ta fête. »

19 Mai.

« Désopilant! hier nous avons couché à l'hôtel de je ne « sais plus quelle ville, un nom fait pour qu'on l'oublie. « On descend de chemin de fer, on court à l'hôtel, on fait « la queue devant le bureau. Les dames passent d'abord; « si la dame est mariée, ou maman, bref si elle a un « cavalier, le mari, le fils ou le cavalier jouissent du « privilège; ils passent avec la dame, c'est le contraire de « Valentino.

« J'étais dans les premières, grâce aux bons petits « coudes pointus que tu sais, je me retourne, plus de « *lolord*. Il aurait passé avec moi et si l'appartement « avait été exigu... enfin, il rate toujours les bonnes « occasions! le bonhomme du bureau me tend une clé, je « passe seule, et me voici installée dans une chambre « superbe.

« On entendait des pas dans les couloirs d'à côté, puis

« au second, puis au troisième, puis au quatrième étage. « La maison se remplissait. Les vieux garçons aux « mansardes, c'est un hôtel moral. Ce que je ne comprends « pas, c'est qu'il n'y ait pas d'épouses d'occasion à la « porte. Les célibataires aiment tant leurs aises : elles « feraient fortune.

« Mon milord n'arrivait toujours pas. Je sonne : personne. « Il y a des sonnettes électriques partout, mais c'est du « luxe par exemple, car aucun domestique ne se dérange, « c'est très américain.

« Lasse d'attendre, je pousse le verrou. Je me glisse « entre mes draps, je casse une canne. Je ne me suis « réveillée qu'à huit heures... ça peut bien s'appeler « casser un gourdin. Toujours pas de milord.

« Je me mets à sa recherche. D'après quelques vagues « indications, je monte au second, puis au troisième, je « monte toujours. On me dit à droite ; je vais à droite. « On me dit au fond ! Je vais au fond. Je vois une porte, « je l'ouvre et j'aperçois, tenant une brosse d'une main et « sa chaussure de l'autre, Milord avec une tête piteuse, « mais piteuse !

« Et alors, d'une voix dolente, il me raconte ses malheurs :

« Il était resté dans la gare à noter ses impressions de « voyage, il était arrivé le dernier et on l'avait mis aux « combles tout en lui donnant du milord long comme le « bras. Sa couchette étant trop étroite, il avait passé la « nuit les talons sur le montant du lit.

« — C'est de l'imprévu, Milord !

« Il a fait la grimace. En wagon, il s'est rattrapé et m'a « dormi cinq heures de suite au nez.

« J'ai appris au vol quelques mots américains. C'est très « drôle ; écoute : *Mister*, ça veut dire bonjour ; *Far-* « *West*, chemin de fer ; *Coloured-man*, domestique ; « *Lating-house*, table d'hôte. C'est de la convention tout « cela ; je crois que l'anglais est encore moins bête !

« Je t'embrasse. Ne t'étonne pas de ma sale écriture. Je « t'écris en wagon et nous allons un train du diable. »

On lisait sur le carnet du jeune lord :

« Mauvaise nuit. J'ai les reins brisés. J'ai été obligé de « cirer mes bottes moi-même et dans le pays du Progrès ! « *O shame !* »

IX

« *21 mai, Sherman-house. Chicago.*

« C'est la ville aux maisons qui marchent. Suppose « qu'un soir tu sois lasse d'habiter la rue de la Michodière, « tu donnes tes ordres et tu te couches. Le lendemain tu « te réveilles sur le haut de la butte Montmartre. C'est « charmant, mais comme il y a quarante locataires dans « ta maison, il est probable qu'ils n'aiment pas tous « Montmartre. Enfin en donnant à chacun son jour de « caprice, ça pourrait s'arranger si ça ne déroutait pas le « Monsieur qui suit les dames.

« Une jeune américaine que Lolord ne trouve pas mal « et qui a une tête de singe (pour parler franc !), s'est « liée quelque peu avec nous. Elle nous sert de guide. « Jusqu'ici cela va bien, mais il ne faudrait pas que le « singe devînt crampon. Elle lui fait les doux yeux, à mon « anglais, et lui, fait semblant... de s'en apercevoir ! cela « m'agace un peu.

« Nous quittons Chicago. Lionel a pris un Pulman-Car « (wagon particulier). Nous sommes mieux et je serais tout « à fait bien sans cette miss Crampon qui a trouvé moyen « de se faire inviter à voyager avec nous. Elle voudrait « savoir quels liens m'attachent au lord ; si je suis sa « femme. Ses questions me sont insupportables. Lionel a « répondu que j'étais une jeune parente, qu'il était mon « tuteur, qu'il me respectait et m'aimait comme un père le « ferait. Serait-il malicieux ?

« J'ai été furieuse de cette sanctification de ma personne. « En voilà une façon de me mettre en niche comme une « statue ! La miss Crampon lance plus d'œillades que « jamais et Milord ne baisse pas les yeux. J'ai beau le « prévenir et dire comme dans la chanson...

« Tu sais, Lolord, ça n'me fait rien
« Moi, c'que j't'endis, c'est pour ton bien !

« Il se figure qu'il me rend jalouse ! Ça me rend philo- « sophe. Lolord et Crampon conversent, moi je regarde. « Nous avons passé le Mississipi. Le paysage est superbe,

« Je me suis si bien oubliée à contempler tout cela que « Lionel et miss Crampon se sont trouvés à bout d'argu- « ments avant que je ne fusse lasse d'admirer. Main- « tenant, à chaque station se trouvent des troupes. Le « pays n'est jamais sûr malgré la dépopulation croissante « des Peaux-Rouges. J'ai vu plusieurs indiens civilisés : « des abrutis ; et les femmes : des figurantes du skating de « la rue Blanche après quinze jours de dèche. Nous avons « une demi-heure pour chaque repas. On tape sur un « gong, tout le monde se précipite au buffet. J'ai beau « être vive, la Crampon est toujours attablée avant nous. « Elle engloutit côtelettes d'antilope et plats sucrés sans « avoir l'air d'ouvrir la bouche ; et Milord se figure qu'elle « vit d'eau claire et d'amour. Je crois que la miss dédai- « gnerait l'eau claire mais pas un amour solide, étayé par « quelques bons millions. Il n'y a que les femmes pour se « flairer entre elles.

« Nous franchissons les Montagnes-Rocheuses. Ah ! ma « chère, c'est beau, c'est terrible, c'est anéantissant ! Je « suis cramponnée à la fenêtre, les doigts crispés, sans « pouvoir m'arracher à cette vue terrifiante. Je vois bien « que la Crampon fait semblant d'avoir peur, qu'elle s'est « rapprochée de ce nigaud de Lolord qui a l'air tout « attendri ; mais ça m'est égal, j'aime mieux regarder. « Nous n'avons plus de locomotive. Le poids seul de nos « wagons nous entraine sur une pente roide. Des préci- « pices s'ouvrent sous nos pieds comme des entrées

« béantes de l'enfer. Au loin, ce sont des pics qui se « dressent dans la nue, étincelants de neige. Dans le roc, « sous nos yeux, sont de larges déchirures où roulent et « mugissent des eaux. Tantôt nous sommes encaissés « entre des murailles gigantesques de granit qui jettent « dans notre wagon comme une tombée de nuit, tantôt « nous revenons subitement en pleine lumière et les « horizons sont infinis.

« La Crampon est tout près de Lolord. Il s'efforce de la « rassurer; il lui prend les mains, l'imbécile! Elle est « moins émue que lui. A présent ils causent à voix basse. « Je suis sur le point de me lever, d'aller... mais qu'est-ce « que cela peut me faire? Je retourne à ma fenêtre. Quel « bruit? Il vient de l'embrasser. J'en suis sûre, j'ai bonne « oreille. Et moi, alors? Je joue un rôle stupide, ridicule! « Cela ne peut pas durer ainsi!

« Mon parti est pris. Je m'arrêterai à la première « station. Ils continueront leur voyage.

« Rester seule, c'est absurde, impraticable! Je le ferai « pourtant. Qu'il se *décramponne* de sa miss comme il « pourra!

« Cette vitesse, cette descente m'ont énervée au suprême « degré, mes doigts tremblent : des larmes me montent « aux yeux. Sommes-nous faibles! Dire que quelques « heures de voyage nous mettent dans cet état-là!

« Est-ce seulement le voyage?

« Je m'efforce de vaincre mon trouble. Nous touchons à

« la station. Dans un quart-d'heure la Crampon pourra « se faire embrasser à son aise. Et j'en rage! Oui j'en « rage! Car maintenant que tout va être fini entre lord « Whiteneckcloth et moi, vois-tu, je sens que j'avais de « l'amitié pour lui. Je commençais à... ah! sans cette « Crampon maudite! sans... Anglais va!

« Plains celle qui t'embrasse bien fort, chère Clara! »

Malgré l'attachante conversation de la jeune américaine, Lionel eut le loisir de noter ses impressions :

« Miss Paquita, toujours brune, est d'une froideur « extrême. J'ai voulu me consoler. Une miss blonde nous « tient compagnie. Ce n'est pas une Paquita, bien sûr, « mais c'est assez pour une consolation. J'ai d'abord voulu « rendre la petite diva jalouse, voir si elle m'aimait vrai- « ment. Non. Elle ne m'aime pas. J'ai été jusqu'à « embrasser la miss blonde, Paquita ne s'est même pas « retournée. Je suis horriblement consterné : Toujours « *le Nisque!* »

X

« *Salt-Lake-City, 25 mai, 8 heures du soir.*

« C'est fait! Je les ai quittés! Sous un prétexte futile je « me suis éloignée d'eux. Je les ai perdus dans la foule. « Le train est reparti depuis deux heures. Je suis bien « seule. Je ne regrette rien. Ma position vis-à-vis de lord

« Whiteneckcloth était invraisemblable et la vue de cette « Crampon m'était odieuse.

« Je suis installée dans un hôtel modeste que je quitterai « demain pour repartir si mes moyens me le permettent. « Ouvrons notre bourse !... Je suis terrifiée, ma chère ! « Il ne me reste que cinq dollars ! Me voilà jolie ! Ce que « c'est que de ne rien prévoir !

« Prévoir quoi ? Que je le quitterais ? Lui demander de « l'argent, à lui ? Fi donc ! C'est bon pour une Crampon ! « Comme je n'aime pas à m'appesantir sur mes malheurs, « Je me couche sans chercher à sortir de cette impasse... « et, bien entendu, une idée lumineuse se présente à mon « esprit : Il doit y avoir un théâtre ici; demain j'irai « trouver le directeur; je m'engagerai pour plusieurs « soirées et ma bourse une fois regarnie, je partirai.

« Bonsoir, rara. »

26 Mai.

« J'ai dormi comme une marmotte, mais, ma chère, il « s'agit bien de cela ! Salt-Lake-City est la capitale des « Mormons et il y a un théâtre : Je suis sauvée ! J'ai pu « m'entendre avec le directeur. Il est de New-York et a « vu mon nom dans quelques journaux, il me paiera assez « bien. On ne comprend pas le français, mais ça ne fait « rien. Il est décidé que pendant les entr'actes de la pièce « du soir, je chanterai des chansonnettes et je toucherai

« vingt-cinq dollars par soirée. A Paris je les lui aurais « jetés au nez ses vingt-cinq dollars, ici je lui ai sauté au « cou. C'est mon pain que je gagne. J'en ris aux éclats... « et je vais me promener.

« J'ai vu un guerrier indien, oui, ma chère, un guerrier « en chair et en os, qui ne revenait pas du jardin d'accli- « matation ! Ce rustaud-là galopait sur son cheval, et ses « deux femmes, à pattes, couraient derrière lui. Faut-il « qu'elles soient bêtes ces Indiennes ! Je comprends que « le mari, devant tous, au grand jour, fasse le maître, « mais en tête à tête, le soir, voyons... ces Indiennes sont « des bêtes !

« Les Mormons ont de trois à seize femmes. Le Veau d'or « du lieu, le président Jung, a seize femmes légitimes et « seize... adjointes. Ici on ne dit plus : enfant de trente- « six pères. On dit : père de trente-six enfants. Ces « Mormonnes sont donc plus bêtes que ces misérables « Indiennes !

« Je suis rentrée à l'hôtel. J'ai dîné seule. Ce n'est pas « gai ! J'ai pensé à cet imbécile de Lionel. Où va le mener « cette Crampon ! J'aurais peut-être mieux fait de rester « près de lui, de le désabuser ! La Crampon va le mettre à « sec et puis quoi ? Il est si empétré. Il n'en sortira pas et « reprendra sa vie bête. C'est un homme à la mer, enfin ! « J'ai des idées noires ! Ce pauvre Lionel ! Il me manque... « il n'y a pas à dire, il me manque !

« Mon directeur vient me chercher. Au revoir. Ce soir,

« après la représentation, je te raconterai avant de me « coucher, comment tout s'est passé. Je suis bien « anxieuse. »

« *27 mai, 2 heures du matin.*

« Ah ! ma chère ! ma chère ! Que d'événements ! Figure-« toi... Mais commençons par le commencement. Mon « directeur, tout en écorchant quelques mots français, « m'a menée au théâtre. Je n'ai pas une loque à me « mettre sur le dos. Madame Alice, une aimable jeune « première, veut bien partager sa loge avec moi et me « laisser fouiller dans sa garde-robe. Je me décide pour « une jupe de tulle mauve, bien passée de mode mais « m'allant à merveille. J'ôte ma perruque noire ; j'ébouriffe « un peu mes cheveux blonds devant un miroir ; je me « farde légèrement et il paraît que je ne suis pas trop mal.

« Il me semble que je retrouve ma vie de Paris ; que je « suis encore aux *Folies* et que je vais entendre l'ouver-« ture de l'*Œil poché*. Pourquoi ai-je le cœur serré sous « mes oripeaux ? Ah ! je le sens, je n'ai plus l'entrain « d'autrefois. Il y a un mois que j'ai quitté la scène... et « j'ai peur ! je tremble d'y reparaître ! C'est que ce mois « s'est écoulé si différent des autres ! J'ai goûté à une vie « tranquille, reposée, à une vie honnête. Je n'aurais « jamais cru pouvoir me passer d'applaudissements, de « soupers fins, de bouquets, de diamants, et je sens main-

« tenant que je puis vivre sans tout cela, je sens que je « voudrais vivre, et toujours, sans tout cela !

« Madame Alice s'approche de moi : ma pâleur lui fait « peur. Elle appelle. On m'entoure.

« Le directeur arrive tout effaré :

« — Pour Dieu! remettez-vous. La salle est comble. « Sur l'affiche votre nom a fait merveille : deux étrangers « ont loué une avant-scène trente dollars. Le président « Jung est dans sa loge. Le chef d'orchestre qui a fait « déchiffrer vos morceaux dit qu'ils sont charmants et que « tout ira bien. Ce sera un succès. Courage! Courage!

« Je me sens beaucoup mieux. J'ai réfléchi : pas de « bêtises, pas de vapeurs; je n'ai plus le sou, il ne s'agit « pas de mourir de faim dans cette ville idiote; je chan- « terai; je serai applaudie, il le faut!

« Le premier acte de la pièce est joué. Le rideau se « relève. J'entre en scène. Quelques applaudissements. « Je plais, c'est le principal. J'entonne la *Girafe qui « éternue.* Ma voix s'est reposée, elle est plus fraiche. Je « fais beaucoup de gestes, ils ont l'air de me comprendre. « J'arrive au refrain, j'éternue : Atchoum! Ils se tordent « tous de rire. Le chef d'orchestre lui-même s'en tient les « côtes. Je suis bissée; la glace est rompue. Ah! je le sens, « cette fois, j'ai le diable au corps. J'enlèverais vingt-cinq « parterres! Ouf! Ça y est. Succès fou. C'est un tonnerre ! « Assez! Assez! Ils m'assourdissent! Je reviens saluer

« trois fois, puis je me dérobe. Je cours à ma loge, je me « jette sur un divan tout étourdie de mon succès.

« Le directeur s'avance, il est radieux. On m'entoure, « on me félicite, on m'écrase presque. Enfin le deuxième « acte commence. On vide ma loge. Le silence se fait. Je « respire, je ferme les yeux.

« Un bruit étouffé de pas me sort de ma rêverie. J'ouvre « les yeux. *Il* est là, à genoux devant moi ; *il* est là, « comprends-tu, *il* est là ! Qui ça, *il*? Mais Lionel, mais « lord Whiteneckcloth ! Et moi, serine que je suis, je me « mets à pleurer. J'attrape sa grosse tête dans mes deux « mains et je l'embrasse !

« Que veux-tu? Cela a été plus fort que moi, car je « l'aime ! Ah ! oui, je le sens maintenant, je l'aime ! Et « d'une façon que je ne pouvais concevoir.

« Je te parle de tout cela au présent et voici bientôt « deux heures que cela est passé. Il me semble que je vis « encore cette heure-là, que je vis encore cette inoubliable « soirée !

« Je reprends mon récit :

« Le premier moment d'effervescence passé, j'aborde « les questions. Surpris de ma disparition, il avait fait « visiter le train tout entier avant le départ. On ne m'avait « pas trouvée. Il est resté à Salt-Lake-City, persuadé que « j'y étais aussi. Il m'a cherchée, hier, toute la journée, « au grand dépit de miss Crampon qui ne l'a pas lâché.

« Le soir, à son corps défendant, prétend-il, elle l'a « entraîné au spectacle. Quelle fut sa surprise en voyant « mon nom sur l'affiche! Je m'en doute un peu; il a dû « montrer toutes ses dents. Il n'a rien dit à la Crampon, « qui, grâce à mes cheveux blonds, ne m'a pas reconnue.

« — Où est-elle?

« — Elle m'attend! répond-il.

« Ce mot réveille toute ma jalousie (il faut bien appeler « les choses par leur nom.)

« — Elle pourra m'attendre longtemps; reprend-il « tendrement.

« — Pas du tout, monsieur, allez la retrouver et tout « de suite. Ne lui dites rien, surtout!

« — Mais pourquoi?

« — Je le veux. Je chante encore à l'entr'acte suivant. « Je veux que vous retourniez dans votre loge et que « vous m'entendiez. N'oubliez pas d'applaudir. Si ce soir « vous n'avez pas la paume des mains meurtrie, gare à « vous!

« Il s'en va à regret, traînant le pas; et moi, pleine de « verve, je me bichonne devant le miroir en attendant « ma rentrée.

« Enfin, c'est à moi : Je parais. Murmures flatteurs de « tous côtés. L'orchestre prélude. J'entonne l'*Antilope « qui a ses vapeurs*. Explique cela si tu le peux; ils ont « compris, je te le jure. Ils se tordaient. J'ai été expres-

« sive, ah! mais expressive! Surtout aux vapeurs; j'étais « montée, il n'y avait plus moyen de me retenir. J'aurais « fait la roue comme un voyou, si ça m'avait passé par la « tête. Je voulais fasciner Lolord et anéantir la Crampon. « J'ai été écrabouillante. Après l'*Antilope qui a ses va-« peurs*, ovations sur ovations. On me laisse enfin ouvrir « le bec. Je risque l'*Éléphant qui n'a plus sa pipe*, « insanité en neuf couplets, mon dernier succès. Tu ne le « connais pas? écoute :

I

N'y avait un jour un Éléphant
Qu'avait des rentes et quèq'nippes :
Qui, par jour, fumait ses vingt pipes,
Et vivait comme un bon enfant.

II

Or, v'la qu'un soir au skating-ring.
Il aperçut une Éléphante
Avec une trompe ébourriffante.
Qui patinait dans c'hic bastring !

III

L'Éléphant pour risquer son mot,
De d'sus sa tête ôtant son claque,
Lui dit : « J'suis hypocondriaque
« Aidez-moi à croquer l'marmot. »

IV

L'Éléphante dit : Mon amour,
« J'veux bien devenir ta bien-aimée,
« Mais débourse une absinthe gommée
« Et pis l'tramway pour le retour. »

V

L'Éléphant remit son gibus,
Et d'une façon triomphante
Offrit sa trompe à l'Éléphante
Pour grimper ed'sus l'omnibus.

VI

Un' fois dans son appartement
L'galant dit : « Faut qu'la glace es'rompe !
Et les v'la qui, s'frottant la trompe,
Se mett'nt à rugir tendrement.

VII

Mais après la pratique, hélas !
Faut en v'nir à la théorie.
L'Éléphante prit sa tapiss'rie
Et l'Éléphant lut son *Gil Blas*

VIII

Quand il en fut aux accidents
Il prit sa vieille pipe culottée
Mais l'Eléphante révoltée
Lui cassa sa pip' dans les dents.

IX

Et d'puis c'temps là c'pauvre Eléphant
Ne fume plus, ne chiqu' pas même.
Ce qui prouv' qu'avec cell' qu'on aime
Faut pas s'montrer trop bon enfant !!

« On était allé chercher des fleurs. Mon dernier couplet « achevé ils ont manqué m'étouffer sous leurs bouquets. « J'en recevais sur les bras, sur le dos, sur le chignon « (heureusement que c'était le vrai !) Enfin, ma chère, ça « été quelque chose de monstre, d'abrutissant, de mormon ! « De retour dans ma loge, nouvelles ovations. Le président « m'a proposé d'être sa dix-septième légitime. J'ai passé « le pouce dans mes quenottes. Il a compris. C'est « universel ce geste-là.

« Les coulisses étaient envahies ; je ne pouvais plus « sortir. J'ai aperçu Lolord. Je l'ai appelé. Il s'est frayé « un passage jusqu'à moi. Une fois à son bras, j'étais « comme un naufragé sur un tonneau. Il m'a reconduite « à ma porte, seulement jusqu'à ma porte, je le voulus « ainsi.

« J'étais si agitée que je ne pouvais dormir. J'ai pris la « plume, je t'ai écrit tout cela. Cela m'a calmée et mainte- « nant je sens que le sommeil vient.

« Bonsoir, ma chérie. »

XI

Lord Whiteneckcloth eut un moment de colère irrépressible en voyant Paquita lui fermer doucement... mais enfin lui fermer la porte au nez.

C'était incompréhensible après ce baiser!

Il s'en alla le cœur plein d'une rage sourde. Ah! l'imprévu, il en avait assez de l'imprévu! Il en avait de trop. il en avait plein le dos! C'était la première fois qu'une femme le faisait valser de la sorte.

Il retourna chez lui, ne sachant trop quel parti prendre.

Il était ravi d'avoir retrouvé Paquita, furieux d'être moins avancé que jamais en ce qui concernait l'éternel *nisque!* Sans réfléchir que la pauvre chanteuse avait avant tout besoin de repos, il lui prit la fantaisie d'aller repêcher miss Crampon dans son avant-scène et de se... consoler. Enfin, la joie l'emportant sur la colère, il se résolut à retourner chez lui et à attendre au lendemain pour la consolation.

L'esprit plein de bonnes intentions, il rentra à son hôtel. Suivi d'un garçon, au long nez, qui portait une bougie, il poussa la porte de la chambre.

En pleine lumière, sur le sofa, une femme sommeillait.

Elle était en peignoir rose. Ses longs cheveux tombaient sur ses épaules et ses pieds chaussés de mules étaient coquettement croisés.

C'était miss Crampon.

Elle se réveilla subitement et se jeta au cou du lord très étonné. Ce fut une pluie de *dear, my love, my dear love.* Whiteneckcloth la calma d'un mot : *Out!*

Et pour atténuer tout ce qu'il y avait de grossier dans son ton, il ajouta d'une voix douce :

— Je vous en serai bien obligé.

Le garçon d'hôtel, sans paraître prendre aucune part à cette scène étrange, posa le bougeoir sur la cheminée et sortit sans fermer la porte. Une fois dehors, il s'arrêta, s'appuya commodément contre le mur et se frotta les mains comme un homme qui s'attend à quelque chose d'amusant.

La voix du jeune lord était impérative. La miss écoutait d'un air profondément pénétré.

Lorsque Lionel eut terminé, le garçon entendit un sanglot avec une évidente satisfaction : Ça se corsait! Les silhouettes se projetaient sur le mur en face de lui. Il vit l'ombre du bras de la miss qui portait l'ombre de son mouchoir à l'ombre de son visage. Le lord parla de nouveau mais d'une voix singulièrement radoucie. La dame sanglotait de plus en plus fort. Puis le garçon n'entendit plus rien, à son vif désappointement. Il se retirait déjà quand il vit sur le mur l'ombre du gentleman se pencher vers l'ombre de la dame et se confondre avec elle. Il revint immédiatement sur ses pas, puis s'enhardit. Souhaitant de voir une réalité, il avança la tête et n'eut que le temps de se reculer précipitamment. Une demi-seconde de plus et la porte, poussée par le pied du lord, lui raccourcissait le nez pour le reste de ses jours.

Le lendemain matin, à neuf heures précises, lord Whiteneckcloth se présenta chez Paquita. Elle était d'une humeur charmante. Elle arrangeait ses cheveux devant son miroir en fredonnant à mi-voix. Elle tendit la main à Lionel. Il la lui serra vigoureusement puis garda dans ses doigts les doigts mignons de Paquita. Elle le regardait dans les yeux, très émue, sentant toute la tendresse de son cœur lui monter aux lèvres.

Sous son regard droit et caressant, il eut un mouvement d'embarras causé peut-être par le souvenir intempestif d'un peignoir rose. Le regard de Paquita, qui ne laissait rien échapper, devint interrogatif. Le lord perdit toute présence d'esprit. Il fit un demi-tour sur lui-même et lorsqu'il fut remis de son trouble, il se retourna. Les yeux de Paquita étaient pleins d'orage. Elle s'avança vers lui, menaçante, le poing crispé :

— Vous allez me dire tout ce qui s'est passé, vous m'entendez, tout ?

Et comme il gardait le silence, elle ajouta avec un geste de désespoir :

— Oh ! c'est encore cette Crampon ! N'est-ce pas, c'est elle ? Elle sera donc toujours entre nous !

Puis avec emportement :

— Je ne suis qu'une actrice, moi, une fille de théâtre. La coquetterie, la galanterie, c'est mon instinct, c'est ma vie ! Eh bien, depuis que je vous aime, ai-je eu aucune intrigue, dites ?

— Je crois bien ! Vous ne m'aimez que depuis hier !

Paquita entendait la malice : elle fut désarmée.

— Je vous aime depuis le soir de la giffle, lui dit-elle très doucement. Je sais bien que je suis une femme, mais je suis une femme folle, passionnée. Vous êtes un homme calme et froid. Moi, je ne crains pas de vous engager ma fidélité pour trois mois, un an et plus ! Et vous ?

Le lord se tut.

— Vous prétendez m'aimer, reprit Paquita, vous prétendez m'aimer comme je vous aime et vous contez fleurette à toutes les miss blondes du chemin !

— Il y a un moyen de me rendre fidèle, dit tout bas le jeune homme, c'est d'être avec moi comme les miss blondes.

— Faire comme elles ? Comme elles qui ne vous aiment

que pour vos chèques! J'aurais trop peur que vous ne me payassiez que de la même monnaie! Alors, c'est bien vrai, n'est-ce pas, vous n'avez pas revu la Crampon?

Lord Whiteneckcloth se croyait noyé. Elle lui tendait la perche elle-même, il n'eut pas la force de la repousser. Il tomba à genoux, prétextant que la Crampon lui était aussi indifférente que les séances de la Chambre de Washington. Il jura qu'il ne l'avait pas vue, et, en se levant, eut la maladresse de laisser tomber de sa poche son carnet de cuir de Russie, sanctuaire de tous ses secrets.

Paquita, preste comme un écureuil, attrapa le carnet au vol. Il en eut froid dans le dos. Il fit un effort désespéré, pria, supplia, joignit les mains.

— Je ne demande qu'à vous croire, dit-elle. Je vais peut-être trouver là la preuve de votre sincérité.

Il était devenu tout pâle.

Elle lui rendit le carnet sans l'avoir ouvert :

Votre pâleur m'en dit assez. Vous êtes un menteur et vous ne m'aimez... que comme je ne peux plus vous aimer! Et les lèvres pincées, les yeux voilés de pleurs, elle lui tourna le dos.

Il y eut un moment de silence pénible.

— Nous voilà retombés dans le *nisque* jusqu'au cou, soupira piteusement Lionel. Eh bien! puisque nous ne pouvons pas en sortir du *nisque*, restons-y. Je ne vous demande qu'une chose, c'est de terminer le voyage avec moi. J'espère me réhabiliter.

Ceci répondait trop bien au secret désir de Paquita pour qu'elle eût la cruauté de refuser.

Quelques temps après le lord écrivait sur son carnet :

1er Juin, San-Francisco.

« Temps pluvieux. Miss Paquita est redevenue brune.
« Je ne pèse plus que 77 kilos.

« Dépenses : Hôtels, voyage : 2,200 francs. Un souvenir
« au peignoir rose et adieux : 1,000 francs.

« Toujours le *Nisque* ! !

XII

« *San-Francisco*, 8 *Juin* 188 ..

« Ma Clara, réjouis-toi. Nous avons assez d'imprévu
« comme cela. Notre retour est chose décidée.

« Je suis redevenue la pupille de Lord Whiteneckcloth.
« Personne ne met en doute la candeur de notre liaison.

« De fait, elle est d'un candide, ah ! mais d'un candide... « dont Lionel est bien las. Ce sera l'épate de ma vie, « vois-tu, ma chère, que ce *nisque*. Je l'ai traîné pendant « près de deux mois et je le traîne encore ! Lolord est à « coup sûr l'homme que j'aime et je lui résiste. Pourquoi ? « Je ne sais. Peut-être pour me différencier de l'espèce « des misses Crampon ! J'ai peur, non qu'il me méprise « (il ne méprise aucune femme !) mais qu'il ne se lasse « vite de moi. J'ai besoin de lui pour vivre, et je tremble « qu'il puisse se passer de moi. Le fruit longtemps défendu « a toujours du prestige. Si tout l'amour que je lui inspire « allait se fondre dans le premier baiser ?

« 13 Juin. — A bord de l'América.

« Nous revenons. La mer est mauvaise. Lionel est pâle. « J'ai peur que son indisposition ne le reprenne. Et le « *nisque ?* Il existe toujours. Comment cela se fait-il ? Je « n'en sais rien.

« Quand Lolord me fait la cour, il choisit mal son « moment : je suis de mauvaise humeur : je l'envoie se « ballader.

« Quand je suis disposée à laisser attaquer le *nisque*, « il dort ou est parti fumer sur le pont. C'est fatal. Le « *nisque* débarquera-t-il ? restera-t-il à bord ? Je n'en « sais rien. Ce qu'il y a de sûr, c'est que s'il franchit

« avec moi les portes de la capitale, j'achète un petit coussin de velours rouge à effilés d'or avec une cloche de verre. Je poserai le traité d'alliance platonique entre moi et Lionel sur le coussin rouge, je replacerai chastement la cloche de verre par dessus, et m'agenouillant devant ce petit autel, je ferai vœu de *nisque* pour le reste de ma vie !

« Suis-je bête, hein ?

« Et pourtant, je pense tout cela. Oh ! ma Rara, je le sens bien maintenant : Je suis gaie, pétulante comme un diable dans la forme ; dans le fond, j'étais née pour une vie tranquille et bourgeoise. J'ai toujours adoré les enfants et le pot-au-feu. J'aurais lavé les couches de mes mioches avec enthousiasme ; j'aurais supporté les *gourmades* du bourgeois sans mauvaise humeur : j'aurais été une mère gigogne accomplie. Si jamais... aïe ! Je ne sais ce que j'ai... mais un malaise soudain... c'est passé ! Ça ne sera rien. Voilà ce que c'est que de faire du sentiment. Ça me porte malheur, tu vois.

« De retour à Paris, je compte... ah ! mais décidément j'ai la mer dans le corps et mon cœur danse sur les vagues, mais danse... Je voudrais t'en écrire... plus long... mais... je... t'em...br..... »

Sur le carnet du Lord on retrouvait une longue suite de pages blanches.

XIII

Streeh-House, Angleterre.

« Je suis dans le comté de X... chez lord Whiteneck-
« cloth et à peine remise d'une terrible traversée, je
« t'envoie les dernières pages de mon journal.

« Nous avons connu le mal de mer dans toute son
« horreur. Dès les premiers jours, nous avions résolu
« d'associer nos infortunes. Nous nous sommes installés
« chacun sur un canapé, l'un en face de l'autre. Oh !
« non, tu sais, c'était attendrissant ! Bernardin de Saint-
« Pierre aurait ruisselé toutes ses larmes.

« De ce rapprochement, il résulte que nos âmes ont
« pris l'essor avec bien d'autres choses, il est vrai. Nous
« nous lancions des regards à faire fondre 100 kilo-
« grammes de glace à la minute. Nos cœurs brûlaient et
« le mal nous mettait une sueur froide sur le front. Dans
« les moments de relâche, nous nous disions les plus
« douces choses du monde.

« Quel duo d'amour !

« Il murmurait d'une voix éteinte : « Cela va-t-il
« mieux, ma douce amie ? »

« Et je répondais :

« Las ! pas beaucoup mieux, mon bien aimé ! »

« — Passez-moi un mouchoir propre, ange adoré ?

« — Je ne peux pas, mon amour, vite... tendez-moi la cuvette !

« Après les solis venait l'ensemble entrecoupé de soupirs « et de points d'orgue.

« C'était d'un cocasse !

« Cela nous exaspérait, à la fin. Nous ragions, nous tempêtions et cela nous affaiblissait encore plus. Nous « avions l'air de deux exsangues.

« Le huitième jour de cet indicible martyre, la mer se « calma : le ciel se dégagea de tout nuage ; le soleil res- « plendit et le plancher de notre cabine parut nous tenir « un peu à la plante des pieds. Le calme se fit aussi dans « nos cœurs. Nous étions mieux.

« Pleins d'allégresse, nous montâmes, en chancelant « mais en nous soutenant mutuellemeut, sur le pont du « navire. C'était vers le soir. Plus de passagers. Nous « étions seuls, seuls l'un près de l'autre.

« La brise chantait dans les voiles, la lune étincelait sur « les flots, les étoiles se miraient dans l'onde, c'était d'un « Lamartine achevé !

« Lolord commençait à me raconter des choses intéres- « santes. Il ne songeait pas à fumer et j'étais de bonne « humeur. Il m'avait pris la main droite dans sa main

« droite, puis la main gauche dans sa main gauche, enfin « il me prit la main droite et la main gauche dans une « seule main et glissa l'autre autour de ma taille. Nos « cœurs battaient, nos lèvres se touchaient, nous allions... « (tu t'écries déjà : Le *nisque* y a passé!) Eh bien! non, « ma chère, nous nous sommes tout bêtement évanouis « dans les bras l'un de l'autre.

« On nous a reportés sur nos chaises longues, l'un en « face de l'autre. La mer était redevenue mauvaise, il a « fallu bisser le duo d'amour avec soupirs et points « d'orgue.

« Est-ce assez lamentable!

« Après huit jours de *réminiscences*, même à terre, « nous partons pour Paris. C'est après-demain ta fête, « j'irai t'embrasser. Mon baiser sera le dernier numéro « de notre correspondance, le plus vrai, le plus senti à « coup sûr.

« Ta sincère amie.

« PAQUITA. »

XIV

Mademoiselle Clara était assise à droite de sa cheminée : monsieur Paul à gauche. Entre eux, sur une table, étaient des livres : les œuvres de Schopenhauer. Mademoiselle Clara faisait une tête longue d'une aune. Monsieur Paul. d'un air embarrassé, tournait ses pouces.

On entendit un coup de sonnette. Une jeune soubrette à la mine éveillée annonça : Lord et lady Whiteneckcloth. Au même moment, Paquita, suivie de Lionel, entra et se jeta au cou de Clara. Puis, désignant le lord. d'une voix vibrante d'émotion, elle dit :

— Lord Whiteneckcloth, mon mari !

Ce furent des embrassades, des démonstration de joie, des petits cris de bonheur, puis on s'assit et on causa.

— Je te trouve toujours aussi jolie, dit Paquita à son amie.

— C'est pour que je te renvoie la balle, reprit Clara : Eh bien ! non, je serai franche : tu as changé. Tu es plus mince, plus pâle ; puis tu as dans les yeux, je ne sais quoi de doux, d'ému. Tu n'as plus tes yeux de gamin de Paris.

— Vrai, tu me trouves plus sérieuse ? Quel bonheur ! Oui, je suis changée, je le sens, je ne suis plus la même.

Puis souriant :

— Tiens, ma chère, Lionel a voulu te dédommager de l'ennui qu'a dû te causer mon journal : Permets moi de t'offrir ce petit souvenir.

Et la jeune lady passa un joli bracelet de diamants au poignet de son amie.

Lord Lionel bâilla.

Paquita se leva aussitôt. Le lord et sa femme prirent congé. Clara conduisit son amie jusqu'au palier. Le lord descendit quelques marches,

— Ah! ma chère, dit Paquita tout à coup en pleurant à chaudes larmes, c'est trop de chance! Moi, une lady! C'est comme un rêve. Je n'ai pas mérité cela. Je le mériterai peut-être... car je vais le soigner ce gros lord; et de l'imprévu, il en aura, va! Car, vraiment, je suis trop heureuse!

On entendit lord Lionel qui, impatient, bâillait bruyamment. Paquita, tout effarée, mit le pied sur la première marche :

— Il faut que je me sauve. Il a déjà bâillé deux fois et cela ne lui était pas arrivé depuis huit jours.

Puis se ravisant et rattrapant Clara au moment où elle allait la quitter, elle renfonça son mouchoir dans sa poche et riant aux éclats, elle se pencha vers l'oreille de son amie.

— Il est pressé, tu comprends, nous ne sommes mariés que depuis deux jours. Il m'a donné son fameux carnet rouge; j'ai tout lu. Il n'y a rien de grave. Et puis nous avons attaqué le *Nisque !* Il est entamé, tu sais, il y manque déjà bien une lettre... et une bonne! Et dire qu'il n'y a que six lettres dans ce mot-là ! Si j'avais su, j'aurais dit : « Monsieur, il n'y aura rien d'intime entre nous ! » Nous en aurions eu pour l'éternité avec cette phrase-là !

Pour la troisième fois Lionel ouvrit la bouche et allait bâiller, mais Paquita lui tomba dans les bras et lui referma les lèvres d'un bon gros baiser ; puis, passant son bras sous celui du lord, elle l'entraina.

L'IDÉE

DE

MONSIEUR LARSEC

L'IDÉE
DE
MONSIEUR LARSEC

I

Isidore Larsec demande la main de la comtesse Irma de Puycombley.

La comtesse était une petite veuve, boulotte, qui portait

très ingénument ses trente-six ans. Ses mines de pensionnaire effarouchée, ses gestes mièvres et enfantins, sa voix flûtée et les froufous furtifs d'un polisson très fourni conquirent du coup Monsieur Larsec.

Larsec était un gros bonhomme court et ventru, à la face rubiconde, au sourire large, aux yeux tout ronds, à fleur de tête. Il avait fait sa fortune (une fortune très respectable) dans une fabrique d'irrigateurs perfectionnés. Les affaires, le désir d'acquérir quelques cent mille francs ne lui avaient pas donné le loisir de laisser parler son cœur. Ayant atteint ses quarante-neuf ans et ayant placé très sûrement son capital, il éprouva le besoin de noyer le souvenir de tous les systèmes d'irrigateurs imaginables, dans un amour légitime et poétique.

Quelques amis obligeants le présentèrent dans le salon de la charmante veuve. Isidore fut subjugué dès la première visite. Madame de Puycombley fit bien une petite moue de pitié ; mais quand on lui eut dit le chiffre du capital, sa moue se fondit en un sourire mutin.

Sans en être à arracher la queue du diable, la comtesse la tirait bien un peu. Elle était coquette, avait des habitudes *genreuses*. Cela coûte cher à Paris, et le comte de Puycombley, ayant mené la vie à grandes guides, n'avait laissé à sa veuve que des rentes médiocres.

La comtesse, avec ses façons prétentieuses et raffinées, ne laissait pas que d'avoir le sens pratique très développé. Elle avait passé l'âge des passions folles. Cet amour de commerçant, respectueux et admiratif, étayé par un bon million, lui sembla une offre à ne pas dédaigner dans ce siècle prosaïque. Elle aurait son petit hôtel, son petit coupé, ses petits dîners intimes, sa petite loge à l'Opéra, son petit châlet à Trouville et tout cela la rendait indulgente pour Larsec. Elle finit par incarner toutes les aises que ce mariage lui promettait dans le bonhomme lui-même et la veuve aimait assez les aises pour en arriver vite à aimer le bonhomme.

Larsec fit très bien les choses.

L'hôtel fut acheté, rue Ampère, quartier neuf et à la mode. Les diamants furent sinon bien choisis, du moins d'une fort belle eau. Le coupé fut très rembourré et on fixa le jour de réception au jeudi.

Tout était prêt. Tout n'attendait que l'heureux couple.

L'heureux couple n'arrivait pas.

Cela tenait à quelques tergiversations de la comtesse. Elle avait des amis. Larsec avait une famille. La famille de Larsec était naturellement furieuse de ce mariage qui la déshéritait. On n'épargnait pas les mots méchants aux amours surannées du gros commerçant. La partie masculine des amis de madame de Puycombley, sans se montrer ouvertement opposée au mariage, était vexée. La comtesse lui était enlevée à un âge et dans un éclat encore appétissants. De là, des ironies, des railleries prononcées à voix basse, entre deux portes ou derrière des rideaux. La partie féminine enviait le bonheur inespéré d'Irma. De là, des plaisanteries cruelles d'emporte-pièce.

Or, Monsieur Larsec et sa future voulaient une lune de miel, pleine, lumineuse, sans nuages. Il importait donc de fuir pour quelques mois cet entourage mal intentionné. On reviendrait ensuite. Les amis et les parents auraient eu le temps de se faire à cette idée du mariage. Le ménage Larsec serait accepté, approuvé, et on reviendrait sans se faire prier admirer les petites mines d'Irma et manger les dîners du gros Isidore.

Partir : c'était là un point décidé ; mais pour où ?

Larsec y pensa durant de longues veilles.

La Suisse ? le lac de Genève ? — c'était trop commun, trop bourgeois.

L'Italie ? le lac Majeur ? Rome ? — La comtesse avait vu tout cela à son premier voyage de noces et Larsec ne tenait aucunement à réveiller des souvenirs assoupis.

L'Espagne ? Et les trains attaqués ! Les embuscades !

Le pauvre homme en avait le frisson. Le voyez-vous en sleeping-car ; il raconte des choses tendres à l'épouse qui rougit et qui, dans son trouble se laisse prendre la taille, puis... poum ! poum ! pan ! pan ! une fusillade à tout casser éclate ; le wagon est criblé, et une balle indiscrète et effrontée vient se loger dans les reins de l'amoureux au moment où... ce serait horrible !!

Donc, l'Espagne rayée aussi de l'itinéraire.

La Suède ? A quarante-neuf ans on ne se risque pas à des froids excessifs, surtout quand on a besoin de conserver son maximum de chaleur spécifique.

Il ne fallait donc pas songer à sortir de France, et en France, il ne fallait pas penser au midi : trop de monde. Les bords de l'Océan ? trop tristes. La Bretagne, la Normandie ? trop de bâilleurs !

Que faire ? que résoudre ? où aller ?

II

Où aller ?

Depuis une huitaine de jours ce problème torturait le cerveau d'Isidore.

Un soir, passant dans une rue, Larsec vit sur un mur un cadre d'affichage et dans ce cadre une affiche verte, déteinte à moitié par les pluies, souillée par les éclats de boue.

Cette affiche fut une révélation.

Le soir même notre amoureux se présentait chez maître Tingat, notaire, et lui demandait tous les renseignements possibles sur le pavillon de Bois-Joly. Le lendemain, après un trajet de quelques heures en chemin de fer, Monsieur Larsec se faisait conduire au village de Bois-Joly.

C'était un village perdu dans la Beauce. Le pavillon était un restant de château, étouffé sous de grands arbres qu'on n'avait pas élagués depuis bien des années, et placé au milieu d'un parc qui semblait une miniature de forêt vierge. Cet abandon, cette solitude frappèrent l'imagination de Larsec. Ce lieu lui sembla fait pour cacher, sous ses ombrages et entre ses murs lézardés, les amours tendres et mystérieuses qu'il rêvait.

Il acheta le pavillon, en secret, et prit toutes les précautions imaginables pour que son idée ne fût connue de personne ; il voulait que nul ne se doutât de son bonheur ; il voulait, pendant un mois, oublier là le monde et les humains, sous les caresses de sa bien-aimée. Cette idée lui parut idyllique au suprême degré.

Rien ne rtanspira de ses projets.

On eût dit aux habitants de Bois-Joly que leur *chatiau*, à vendre depuis vingt-cinq ou trente ans, était enfin acheté, qu'ils se seraient mis à rire bruyamment et qu'ils ne l'auraient pas cru.

Larsec revint à Paris, radieux. Il emplissait le salon de la comtesse de sa joie exubérante. Lorsqu'elle l'interrogeait, il clignait de l'œil, prenait un air loustic et lui disait :

« Vous verrez, ma chère, vous verrez ; une surprise... délicieuse ! »

Et la comtesse, croyant de son devoir et de son profit

de ne pas se montrer trop curieuse, rêvait, sur un yacht, voyage charmant dans la Méditerranée, séjour à Rome dans des palais de marbre, longues soirées d'extase, devant le Bosphore, au soleil couchant, et visite aux temples de l'Inde, dans des palanquins à dos d'éléphants, avec deux esclaves berçant son sommeil du mouvement lent et cadencé d'éventails de plumes d'autruche.

En attendant la cérémonie nuptiale, les cadeaux et les galanteries allaient leur train. Chaque jour apportait une surprise nouvelle. Le chiffonnier de la comtesse se remplissait d'écrins et le cœur d'Isidore débordait de tendresses.

Madame de Puycombley multipliait ses phrases ingénues et ses petites mines pudibondes. Le futur en arriva à se faire une très piètre idée de son prédécesseur. La belle dame ne chercha pas à déraciner cette opinion de la tête du cher homme, au contraire. Elle joua la primeur en artiste consommée, rougissant, affectant un embarras adorable aux conversations risquées et ne répondant aux questions indiscrètement amoureuses qu'en baissant les yeux.

Elle avait été très malheureuse, très délaissée par son premier mari; son mariage avait été un mariage de convenances, de raisons de famille, rien que cela; entre elle et le comte aucune intimité; et le bon Larsec écoutait tout cela bouche bée, les yeux dilatés par un ravissement inespéré. Il alla même jusqu'à vouloir que la comtesse arborât de nouveau un bouton d'oranger à son corsage, le jour de l'hyménée. Elle s'en défendait : les convenances... le monde... on rirait.

— Le monde? je m'en moque, dit Isidore. C'est un imbécile, le monde! Qu'importe ce qu'il croit savoir. Je sais le vrai, moi. Vous mettrez un bouton d'oranger.

— Mon ami, je vous en prie...

— Eh bien! une fleur alors, une fleur d'oranger bien épanouie, bien ouverte. Le monde n'aura rien à dire.

— Le monde est si méchant, soupira la dame. Je mettrai la fleur dans mon corsage, mon ami... Vous seul saurez qu'elle est là, comme vous seul savez...

Et les yeux se baissèrent si langoureusement que Larsec ne put se tenir de lui baiser les mains. Le rêve de Larsec était réalisé : Pour des amours idylliques, c'étaient des amours idylliques!

III

Le mariage à la mairie expédié, la cérémonie religieuse terminée, Monsieur et Madame Larsec, après s'être rhabillés, se rendirent à la gare d'Orléans et prirent place dans un coupé réservé, un énorme sac de voyage constituait les bagages.

Les quelques heures du trajet passèrent vite. Isidore, assis à côté d'Irma, lui débitait mille petits madrigaux plus ou moins bien tournés. Madame Larsec poussait des soupirs innocents ou éclatait de rire, d'un petit rire mutin de fillette en vacances. Cela faisait battre le cœur du gros parvenu.

C'est qu'elle était charmante, Irma, et si grassouillette ! Elle avait de petites faussettes rieuses dans les joues, au coin de la bouche, au menton, des petites fossettes agaçantes, provocantes, qui semblaient attirer les baisers; puis un teint! un teint de gamine de quinze ans, tout lis et tout roses; et des lèvres! des lèvres de corail! que la poudre de riz, le fard et la pommade raisin n'y fussent pour rien, je n'en jurerais pas, mais c'était posé, étalé, verni avec tant d'art qu'un plus malin que Larsec s'y serait laissé prendre.

Le bonhomme, en ces heures d'extase, découvrait mille grâces nouvelles en son épouse... et pourtant elle portait un corsage montant, très montant.

Il lui serrait très expressivement les doigts.

En descendant du wagon, les amoureux prirent une voiture de louage.

La nuit tombait sur la campagne, une nuit brumeuse et sombre. L'ombre se faisait dans la voiture. La route était déserte, la pleine silencieuse.

Madame Larsec avait des mouvements d'effroi, des tressaillements subits qui attendrissaient le marié.

— Oh ! que j'ai peur! faisait-elle, comme il fait noir!

Larsec riait, l'attirait vers lui, la rassurait.

— Seigneur Dieu! dit la dame après avoir regardé par la fenêtre de la voiture et s'être blottie toute peureuse dans les bras de son mari, qu'est cela ?

— Cela, ma chère, ce sont des moutons.

Après mille petites jérémiades, Irma, tenant bien serré le bras de l'homme fort, se hasarda à regarder passer les moutons.

— Oh! que c'est laid, des moutons. Je n'en avais jamais vu!

— Petite coquette de parisienne, dit-il, vous en verrez bien d'autres : des poules, des lapins, des vaches et des bœufs avec des cornes.

— Oh! ne me parlez pas de cela! reprit-elle en appuyant sa tête sur l'épaule de Larsec. Je ne pourrais pas dormir de la nuit et j'ai bien sommeil, bien sommeil, Monsieur.

Monsieur avait de bons gros sourires épanouis; il n'aurait jamais cru une veuve aussi innocente que cela!

— Oh! que j'ai peur! que j'ai peur! répétait-elle.

Il lui disait de bonnes paroles et lui prouva qu'elle ne courait aucun danger, que les routes étaient sûres; d'ailleurs, au village où ils se rendaient, se trouvaient un poste de gendarmerie et une caserne de pompiers. Il avait de fort bonnes jambes, lui, Larsec; il aurait, en cas d'attaque de voleurs, la ressource de courir chercher du secours pendant que le cocher la défendrait. Certes, ce dernier argument n'était pas fait pour calmer les appréhensions de la dame, mais il faut croire que ses craintes étaient plus apparentes que réelles, car elle l'interrompit brusquement.

— Est-ce que vous avez pensé au souper? J'ai une faim féroce.

— Nous aurons un souper fin, dit Isidore.

Cette réponse permit à Irma de tourner ses inquiétudes d'un autre côté. Elle allait se reprendre à avoir peur des moutons quand elle pensa qu'elle ferait peut-être mieux, pour les circonstances, d'avoir peur du loup; mais il était trop tard. Le bruit de quelques gouttes de pluie sur la capote de la voiture avait absorbé toute l'attention de Larsec.

— Hélas! pensait-il, moi qui comptais errer, avec elle, dans les sombres détours du parc, sous un ciel rempli d'étoiles, hélas!

La voiture s'arrêta enfin devant une petite grille rongée de rouille.

— Comment, c'est là? dit madame Larsec d'une voix pleine d'humeur.

IV

Larsec tira une clef de sa poche, l'entra dans la serrure et après plusieurs grincements rauques, la grille s'ouvrit.

Madame Larsec, avec une inquiétude croissante, regardait la voiture s'en aller.

Elle recula devant le gouffre noir que les arbres touffus du parc formaient devant elle. Ses yeux ne distinguaient rien dans cette profondeur de ténèbres. Elle entendait l'averse bruire sinistrement sur les feuilles et les rafales du vent faisaient grincer de vieilles girouettes invisibles. Elle sentait, sous ses souliers fins, des flaques d'eau et des mottes de glaise qui s'attachaient à ses talons.

Elle eut un geste de dépit et répéta d'un ton de mauvaise humeur de plus en plus accentué.

-- Comment, c'est là?

— C'est là... oui... mon ange... c'est là, dit Larsec en paroles entrecoupées par les efforts surhumains qu'il faisait pour ouvrir son parapluie.

— Voyons Isidore, l'ouvrez-vous, oui ou non? demanda la dame avec impatience. Je suis trempée. Nous n'allons pas coucher ici, je suppose.

Ces paroles auraient certainement étonné Larsec, si la lutte désespérée qu'il livrait à son pépin lui eût laissé le loisir de les écouter. Mais il n'entendait rien et s'éreintait les doigts sans parvenir à vaincre l'objet rebelle.

« Sacré cochon ! » laissa échapper le marié.

Au moment où il était vainqueur, un coup de vent retourna si violemment le parapluie qu'une baleine manqua de crever l'œil de la mariée.

« Fichu emplâtre ! » murmura Irma.

Tout cela se perdit dans la tourmente.

Le parapluie fut enfin ramené à sa position normale. On referma la grille. Madame Larsec, retroussant ses jupons, se pendit au bras de son mari, et tous deux entrèrent dans l'avenue trempés, s'éclaboussant, glissant dans les ornières, enfonçant jusqu'à la cheville dans les flaques d'eau ; les branches ruisselantes leur fouettaient la figure, les baleines du parapluie faisaient rigole et laissaient tomber des cascades d'eau dans le cou des amoureux ; puis c'était un lièvre effrayé par le bruit des pas, qui leur passait dans les jambes, faisant trébucher la dame, donnant des sueurs froides à son cavalier.

— N'arriverons-nous pas bientôt ? demanda Madame Larsec, d'une voix qui n'avait plus aucune grâce enfantine.

— Nous y voici, dit Larsec.

Irma se trouva devant un énorme pan de muraille, au faîte duquel elle aperçut de gros pignons et de grandes gargouilles menaçantes. Son mari l'entraîna dans un corridor sombre, étroit, au bout duquel elle trébucha contre la première marche d'un escalier de pierre.

L'intérieur du pavillon sentait le renfermé, les murs suintaient l'eau, et à la lueur d'une lanterne sourde qu'Isidore avait allumée, tout parut à la mariée, si triste, si lugubre et si délabré qu'elle en eut froid au cœur.

Après avoir traversé plusieurs appartements immenses et déserts, on arriva à un petit boudoir isolé. Madame Larsec, épuisée par tant d'émotions, se laissa tomber inanimée sur le premier fauteuil venu.

Le pauvre Isidore dans la précipitation qu'il mit à souffler dans le nez de sa femme pour la ranimer, laissa tomber son gros sac de voyage sur les pieds délicats d'Irma. Elle jeta un cri de douleur et revint immédiatement à elle. Elle jeta un regard autour d'elle, il lui sembla qu'elle sortait d'un mauvais rêve.

Larsec, à genoux devant la grande cheminée de marbre blanc, avait mis une allumette dans le feu tout préparé et le foyer commençait à lancer de grandes clartés joyeuses dans la pièce.

C'était un boudoir meublé avec un luxe tout parisien. D'abord un grand lit Louis XVI, comme enveloppé et perdu dans des rideaux nuageux de mousseline, une chaise longue, de larges fauteuils, des consoles, un lustre, des appliques de cristal, de grands rideaux de damas aux deux croisées, et, au milieu, sur une petite table, un souper fin qui attendait les convives.

La vaisselle était d'argent, la verrerie de Venise : c'était délicieux.

La dame eut un soupir de soulagement. Ses narines s'ouvrirent largement au fumet de cent bonnes choses.

Pendant que son mari allait de console en console, allumant toutes les bougies, elle ouvrit le sac de voyage, mit quelques vêtements secs sur elle et chaussa de mignonnes pantoufles de velours. De sa poche elle sortit, à la dérobée, une petite boite et en quelques coups de bouffette, la poudre de riz redonna à son teint, ravagé par l'averse, ses lis et ses roses habituels.

Larsec avait illuminé la pièce comme pour une fête. Il tira les grands rideaux de damas sur les croisées et revint s'asseoir en face de sa femme. Devant le grand feu ils retrouvèrent leur bonne humeur; une fois réchauffés et ragaillardis, ils prirent place devant la petite table.

Isidore, la serviette nouée autour du cou, les coudes appuyés sur la table regardait sa petite femme avec une muette admiration.

Sa petite femme, elle, tout en ayant l'air de grignoter comme une souris, avalait de bonnes bouchées fermes et substantielles.

Vers le dessert, soit champagne, soit pudeur, ses rougeurs la reprirent.

Larsec, par dessus la table, lui avait pris les mains, et les petites pantoufles de velours n'étaient pas très loin des pieds du bonhomme. L'amoureux, à vrai dire, tenta bien deux ou trois fois de pousser la table de côté, mais la dame maintint entre eux l'obstacle, avec des gestes nerveux et poussa des petits cris si drôles que l'époux céda en riant.

Il la trouva d'une pudeur vraiment exagérée, mais il se consola en voyant que sa petite femme continuait à picoter à droite et à gauche dans les assiettes encore pleines de friandises.

V

Tandis que ces gracieuses choses se passaient à l'intérieur du pavillon, il se passait au dehors des choses vraiment inquiétantes pour le repos de nos tourtereaux.

Madelon, la fille du brigadier de gendarmerie, surprise dans la campagne par la pluie, regagnait le village en courant. A mi-chemin, elle rencontra Flambard, le caporal des pompiers, qui, contre tout règlement et par le plus grand des hasards, probablement, avait un parapluie.

Le pompier était un ami du gendarme. Madelon crut devoir accepter le bras et la moitié du parapluie de Flambard. On causa gaiement, on rit beaucoup et Madelon ne s'offusqua pas trop de quelques libertés que prit le pompier. On vit longtemps, par dessus les blés, osciller follement le grand parapluie de Flambard. Arrivés à l'angle que formaient les murs du château, à l'extrémité du parc, les deux promeneurs s'arrêtèrent pour se séparer. Il est probable qu'ils s'embrassèrent plusieurs fois, à en juger par les mouvements du parapluie qui s'abaissa pudiquement sur leurs têtes ; puis Flambard longea le mur de droite et Madelon se perdit derrière celui de gauche.

Elle fut très surprise, la jeune villageoise, en passant devant la grille du parc, d'entendre un bruit de pas. Elle regarda à travers les barreaux, et dans l'obscurité elle aperçut très distinctement deux ombres qui s'enfonçaient sous les arbres dans la direction du pavillon. Ces ombres avançaient lentement, marchaient avec précaution et s'arrêtaient de temps en temps pour regarder à droite et à gauche.

Madelon murmura toute tremblante : « Hola ! ce sont des voleurs ! »

Elle n'en fit ni une, ni deux, elle retroussa ses cotes, et courut tout d'un trait jusqu'à la gendarmerie.

De son côté, Flambard, tout en fredonnant une chanson, passa sous les fenêtres du pavillon qui de ce côté avait vue sur la route.

Il s'arrêta tout surpris.

Devant la grande fenêtre du premier étage il avait vu passer une lueur. La lueur passa de nouveau ; puis persista et augmenta graduellement d'intensité. A travers les rideaux de la fenêtre, il voyait la pièce splendidement éclairée comme par le reflet d'un commencement d'incendie.

« Sacrebleu ! murmura le pompier, v'la l'chatiau qui brûle ! »

Et il s'élança vers le poste des pompiers.

VI

Madame Larsec, se renversant en arrière, but d'un coup sa dernière gorgée de champagne et, jetant un regard rassasié sur les miettes qui couvraient la nappe, elle s'écria :

— Vous pouvez repousser la table, Isidore, je ne toucherai pas à une seule de ces friandises. Les voyages ne me coupent pas l'appétit de coutume, expliquez-moi pourquoi je n'ai pas faim ce soir.

— Pourquoi? mon ange, murmura Larsec, mais parce que une nuit comme celle-ci n'est pas faite pour manger. mais...

Ici un doux regard pudique l'arrêta.

— Pour s'aimer! reprit-il.

— Vous n'avez rien pris, vous, mon ami? demanda madame Larsec en s'asseyant sur la chaise longue auprès de son mari.

— Je n'ai pas faim non plus, dit le marié.

— Vous, c'est différent; il faut vous forcer. Un homme a besoin de se soutenir. Je vais vous servir. Goûtez-moi à cette aile de dinde truffée... goûtez... goûtez.

Le bonhomme s'en défendit, mais en sentant les doigts fins de madame Larsec presser une grosse truffe sur ses lèvres, il crut devoir ouvrir la bouche et avaler.

Ce jeu charmant continua jusqu'au moment où, tout rouge, étouffant, Isidore dit d'une voix lamentable :

— Assez... Irma... n'abusez pas plus longtemps de ma tendresse... je déteste les truffes, je les ai en horreur!

Et ce disant, il prit sa femme sur ses genoux et se remit à la contempler avec des yeux béats.

Il paraît que ce silence d'extase n'était pas le fait de la petite femme, car elle dit ingénument :

— Je suis exténuée, mon ami. Je vais me coucher dans ce joli dodo. J'ai idée que je vais dormir admirablement bien.

— Vous croyez, fit Larsec, d'un ton plein de sous-entendus malins,

Irma n'entendit pas ou feignit de ne pas entendre. Elle disparut derrière les rideaux du lit et, cinq minutes après, une forme souple se glissait sous les draps fins du grand lit.

Larsec, devant la glace, défaisait son col de chemise. une petite tête rieuse sortit de dessous les draps et une voix flûtée s'écria :

— Ah ! que je suis bien ! quel bon lit.

Isidore avait dégrafé ses bretelles et il retirait ses bottes vernies, quand une rumeur sourde, venant du dehors, frappa son oreille. Il s'arrêta inquiet, mais la voix de sa femme le rappela aux douceurs de la réalité.

— Mon ami, dit-elle avec une candeur étonnante, vous savez la fleur d'oranger que vous m'avez dit de mettre dans mon corsage ?

— Oui. Eh bien ?

— Je l'ai mise. Elle y est encore. Je veux la conserver.

— Du tout, je la réclame, dit Larsec en s'avançant vers le lit, je la veux, Irma, ce sera un souvenir.

— Non, monsieur, dit-elle boudeuse, je l'ai, je la garde.

— Je l'aurai, petite avare.

— Non, monsieur ! oh ! le méchant ! voulez-vous bien !... méchant... méch...

Si l'attrait de cette lutte charmante avait laissé aux amoureux l'usage de leur ouïe, ils auraient entendu distinctement le bruit d'une échelle appliquée contre le mur et des cris de « au feu ! au feu ! »

Madame Larsec ne se défendait que faiblement et Monsieur Larsec était presque possesseur de la précieuse fleur d'oranger, quand une vitre fut brisée brusquement et un jet d'eau froide fondit sur les deux mariés et les inonda.

Larsec, se redressant, poussa un formidable juron ; la dame eut un cri d'indicible terreur ; mais l'eau continuait à les inonder, à les glacer, tandis qu'on criait au dehors : « Pompez ! pompez ! hardi ! nous sommes maîtres du feu ! »

Affolés, ne comprenant rien à cette douche glaciale, Isidore et son épouse se précipitèrent, en chemise, éperdus, vers la porte. Ils l'ouvrirent, s'élancèrent dans le couloir et tombèrent haletants, inanimés, dans les bras. . de trois gendarmes !

VII

A la grande satisfaction des habitants de Bois-Joli, qui n'aiment point à être troublés dans leurs habitudes, le pavillon est de nouveau mis en vente ; car, il va sans dire que tout se découvrit et que Monsieur et Madame Larsec furent relachés après une incarcération d'une vingtaine d'heures.

Mais, hélas ! si court qu'ait été l'emprisonnement et malgré la charité d'un brigadier qui prêta un de ses pantalons à Madame Larsec, les époux, trempés jusqu'aux os prirent mal et un commencement de fluxion de poitrine se déclara.

Pour raison de santé, Larsec dut se résigner à mettre ses idées originales de côté et à faire un voyage dans le midi, comme tout le monde.

Quant à la fleur d'oranger d'Irma, il est probable qu'elle se sera perdue toute seule dans la bagarre, car Madame ne fait plus l'ingénue et Larsec ne rit plus de son prédécesseur.

LA MORALE DE TITINE

LA MORALE DE TITINE

Titine fait de la tapisserie près de tante Amélie. Titine ne pense pas à sa tapisserie, mais à tante Amélie. Elle est jolie, tante Amélie, oh! oui, bien jolie. D'abord elle a de grands yeux bleus qui regardent toujours d'un air ennuyé le pavé de la rue, une vilaine rue de province ; puis elle a une toute petite bouche, un teint rose comme une fraise et en même temps blanc comme sa guimpe, et enfin, enfin elle est jeune tante Amélie. Mais elle est triste, très triste. Pourtant l'oncle est parti pour toute la journée, ça devrait lui faire plaisir ; car il est vieux, chauve, grognon, et bardé de rhumatismes, l'oncle ! Ah ! Titine ne l'aime pas, l'oncle; oh ! pas du tout. Il la gronde toujours: « Ne mets pas tes pieds l'un sur l'autre ! » — « Ne regarde donc pas les fraises qui sont dans le plat quand il y en a encore dans ton assiette. » — « Laisse ton nez tranquille ! » Comme si on pouvait s'empêcher de faire tout ça quand on a cinq ans ! Ah ! oui, il est ennuyeux l'oncle ! Titine plaint tante Amélie d'avoir un tel mari. Ça doit être triste. Titine croit qu'au fond c'est l'avis de tante Amélie.

Titine a l'air de regarder sa tapisserie, mais elle voit par dessus son ouvrage. Les jolis doigts de tante Amélie s'enlacent fébrilement et ses pouces se mettent à tourner avec une vitesse... une vitesse prodigieuse. Tiens ! Les pouces s'arrètent tout à coup. Ah ! c'est un beau cavalier qui passe. Le jeune homme est bien. Le cheval est encore mieux. Ah ! quel beau dada ! Le monsieur met pied à terre. Titine croit le reconnaitre. C'est le Parisien qui vient d'acheter le pavillon qui est au tournant de la route, un Parisien très riche, à ce que dit la bonne, et qui ne veut pas se marier. C'est très drôle ! Si Titine était très riche, elle se marierait... avec le petit garçon de l'épicier d'en face... et elle goûterait un peu au fonds du magasin. Tiens ! voilà le monsieur qui approche. Ah ! par exemple ! Le voici qui frappe à la porte ! Comme tante Amélie s'est levée précipitamment ! Ah ! c'est qu'elle vient d'envoyer la bonne faire une course très loin, très loin, et l'oncle qui est parti pour toute la journée ! Comme elle va être ennuyée cette pauvre tante d'être toute seule pour recevoir une visite ! Dieu que c'est désagréable ! Elle est vexée... c'est pour cela qu'elle est si rouge. Mais elle recevra tout de même, car elle est allée ouvrir et voici le monsieur qui entre dans le salon. Ah ! il est très bien, décidément. Il a une moustache, une moustache que Titine aimerait bien à tirer. Quand Titine aura épousé le petit garçon de l'épicier d'en face, il faudra qu'il ait d'aussi longues moustaches que ça, sans quoi Titine ne lui permettra pas d'être le papa de sa poupée.

Mais voici la tante qui viens vers Titine et qui la prend par la main pour l'emmener hors du salon. Cela ne convient pas à Titine. Le monsieur est si gentil ! Peut-être qu'il sait faire des cocottes en papier. Titine serait bien restée, mais la tante parait très désireuse de l'emmener et Titine se fait un peu tirer. La tante abaisse son visage vers Titine :

— Voyons, soit gentille. Tu vas rester dans ma chambre ; voici un gâteau et tu vas regarder les images de mon beau livre, tu sais de mon beau, beau livre.

Titine cède. Elle se laisse installer dans la chambre de tante Amélie, dans son petit fauteuil, prend le livre sur ses genoux et commence à regarder les images... par la fin. La tante s'échappe. Titine la rappelle et pleure. La tante la caresse, l'embrasse, lui essuie les yeux; mais comme il y a un peu d'impatience dans ces caresses-là, Titine comprend qu'il ne faut pas faire la méchante, que ça ne prendrait pas aujourd'hui. Elle se résigne, mais elle est curieuse. Elle questionne :

— Petite tante, qui est-ce, ce monsieur?

— Tu m'ennuies, mon enfant. Je suis pressée et tu me fais perdre mon temps. Ce monsieur... ce monsieur... c'est l'accordeur de piano!

Et la tante sort très vite.

Ah! c'est l'accordeur de piano!

Il est joliment gentil cet accordeur-là! Il a des bottes vernies et il vient à cheval. Il doit prendre cher pour se payer tout ça! Enfin, c'est bien l'accordeur puisque tante Amélie l'a dit. Mais qu'est-ce que Titine entend? C'est le verrou qu'on pousse. Ah! mon Dieu! c'est donc une chose bien secrète que l'accord d'un piano? En tout cas, ça ne fait pas grand bruit, car Titine a beau tendre l'oreille, elle n'entend frapper sur aucune touche du piano. C'est un silence de mort dans le salon. Il n'a pas encore commencé sans doute, le gentil accordeur; pourtant le temps passe, passe, et il n'aura jamais fini. Déjà son cheval s'impatiente dans la cour et heurte son sabot contre le pavé. Ah! enfin, il s'y met. Titine vient d'entendre un petit bruit. Ça ne ressemble pas à un accord, par exemple, mais tout à fait au bruit que font les lèvres de tante Amélie quand elle pose sur la joue de Titine son baiser du soir. Et voici... ma foi, on dirait un gros soupir! Décidément le piano avait grand besoin d'être accordé ; il avait de drôles de sons!

Enfin la porte s'ouvre. Le monsieur remonte à cheval et s'éloigne. Tante Amélie revient chercher Titine. Ah! comme on voit qu'elle aime la musique, la tante! Titine n'aurait jamais cru qu'un piano accordé pût lui causer un tel plaisir. Elle est transformée : rose comme l'aurore, avec un joli sourire de ses lèvres encore entr'ouvertes. Elle est un peu décoiffée, par exemple : c'est qu'elle aura aidé l'accordeur à ouvrir le piano.

Elle a repris sa broderie, et tout en brodant elle sourit de temps en temps. Et chaque sourire s'étend sur sa face comme un voile rosé. Ses yeux aussi ont quelque chose : ils sont plus doux et pourtant plus brillants.

Et la nuit tombe lentement. L'ombre envahit tous les petits coins de la chambre. Titine se penche sur sa tapisserie mais elle ne voit plus les points. Elle s'arrête et tante Amélie va chercher la lampe. Elle rentre en même temps que l'oncle. L'oncle est mouillé jusqu'aux os : il pleuvait. Il tousse et il grogne plus que jamais. Le dîner n'est pas prêt; le feu est éteint; on fait exprès de ne pas trouver ses pantoufles!

Pauvre tante, son visage se rembrunit. Elle supporte tout cela sans rien dire, mais elle n'en pense pas moins; ça se voit à ses joues qui reprennent leur pâleur, à ses paupières qui se baissent, à son sourire qui s'efface.

L'oncle lui-même est étonné du changement; il questionne :

— Es-tu malade?

— Non!

— T'ennuies-tu?

— Non!

— Qu'as-tu alors?

La tante ne répond rien.

Titine est indignée. Pourquoi rester muette?

L'oncle admet que son intérieur n'est pas des plus gais. Il consent à distraire tante Amélie. Elle n'a qu'à parler.

Tante Amélie ne parle pas.

Titine se révolte : Elle parlera, elle, Titine! Et au moment où l'oncle répète :

— Voyons, veux-tu te divertir, réponds?

Titine, pleine de bonnes et naïves intentions pour tante Amélie, grimpe sur les genoux tremblants de l'oncle, et, caressant ses cheveux blancs, lui souffle tout bas, tout bas dans l'oreille :

— Ah !... si tu pouvais lui accorder son piano !!

UNE SÉANCE

A LA

SOCIÉTÉ DE PHILANDROLOGIE

EN 1900

UNE SÉANCE

A LA

SOCIÉTÉ DE PHILANDROLOGIE

EN 1900

La célèbre Société de philandrologie de Paris, reconnue dès son origine d'utilité publique par l'État, et depuis lors d'inutilité privée par tout le monde, était en séance extraordinaire.

Le procès-verbal de la dernière réunion avait été lu et adopté ; quatre ou cinq discussions qui menaçaient de devenir intéressantes, venaient d'être étouffées à leur naissance, c'est-à-dire renvoyées au Comité central, ce sphinx ennemi de toute solution ; enfin, mademoiselle Adolphine Séton, membre honoraire de plusieurs sociétés savantes, officier d'académie, etc., etc., se leva de son siège ordinaire pour se rendre à la tribune. Un murmure admiratif suivit le bruissement de sa robe de soie, tous les regards s'attachèrent à son pouf des plus fournis et plus d'un pied masculin se trouva sur le passage du joli petit pied cambré de mademoiselle Adolphine.

Elle monta à la tribune avec une aisance inimitable. Elle ôta ses longs gants, fit bouffer les plis de sa jupe et énonça, d'une voix fraîche et calme, le titre de sa communication : *Des proportions corporelles nécessaires et suffisantes pour la réalisation du type de beauté chez l'homme.*

A cet audacieux énoncé, il y eut des tentatives d'applaudissement parmi les membres féminins de la société. Quelques vieilles billes de billard se balancèrent bien de droite à gauche et de gauche à droite en signe de vive désapprobation, mais tout ce qui avait encore un peu de cheveux sur le crâne protesta par une multitude de sourires encourageants. La sonnette impartiale du président s'agita convulsivement pour rétablir le silence, tandis que mademoiselle Séton, forte de la foi qu'elle avait dans l'avenir scientifique de la femme, jetait des regards facétieux sur toutes les têtes agitées.

Le tumulte s'apaisa.

Mademoiselle Adolphine eut la parole :

« Messieurs, je dépose mon travail sur le bureau « présidentiel ; vous pourrez en prendre connaissance. « Je ne veux pas commenter mon œuvre ici, mais je « l'accompagnerai de quelques mots qui pourront à la « rigueur lui servir de préface.

« Le type idéal de la beauté mâle, messieurs, est « l'*Apollon du Belvédère*.

« Cette assertion a été contestée ; il semble à pre- « mière vue qu'elle puisse l'être. Une étude approfondie « m'a prouvé que ce n'était bien là qu'une apparence ; « mon criterium est irréfutable.

« Parmi les objections qui m'ont été soumises, s'il en « est d'inconsidérées, il en est de sérieuses. Je n'ai pas « cru devoir tenir compte des premières. Je vois déjà « vos regards étonnés, messieurs, me demander pour- « quoi. Pourquoi ? parce que ces premières objections « inconsidérées venaient naturellement de vous, mes- « sieurs, et que sur cette matière, il est de toute évidence « que la femme est seule compétente !

(Vifs applaudissements du côté des dames.)

« Dans la marche de mon travail, j'ai donc systéma-
« tiquement repoussé tout jugement masculin comme
« entaché d'intérêt et de partialité. C'est ce qui donne
« à mon livre une exactitude et une vérité incontes-
« tables.

(Applaudissements redoublés, toujours du même côté.)

« Les objections sérieuses, celles de mes chères et
« savantes collègues, n'ont pas laissé que de me faire
« mûrement réfléchir.

« Madame A..., qui s'est acquis, dans ces dernières
« années, une si prodigieuse réputation par son travail
« sur *le système pileux de l'homme*, m'a soumis des
« pages estimables avec arguments à l'appui : ma-
« dame A... concluait pour l'*Hercule Farnèse*. Made-
« moiselle B..., si connue par sa nouvelle *physiologie*
« *du mariage* penchait pour le *Persée* de Benvenuto
« Cellini. Enfin, ma collègue et chère amie, madame
« veuve C..., que la renommée de son traité *sur les*
« *maladies des voies urinaires de l'homme* n'a pas
« encore consolée de la perte de son quatrième mari,
« madame C..., dis-je, crut avoir trouvé l'ensemble des
« proportions parfaites en la personne de son secré-
« taire, jeune homme âgé de vingt-six ans.

« J'avoue que l'*Hercule Farnèse* est plus solidement
« charpenté que l'*Apollon*. Je conçois, jusqu'à un
« certain point, l'erreur qui a pu prendre racine dans

« le cerveau de madame A... : madame A..., messieurs, « est d'une constitution ardente et sanguine.

(On lorgne madame A...)

« C'est ce qu'on appelle vulgairement une belle « carnation. Rien d'étonnant à ce que son choix se soit « fixé sur un type bien musclé, et j'oserai dire que ce « n'est qu'une *erreur de tempérament*.

(Ce raisonnement serré parait convaincre tout le monde, excepté Madame A...)

« Mademoiselle B... s'est arrêtée au *Persee* de Cellini. « Le *Persée* a du bon ; mais il est italien. Encore qu'il « ait l'apparence d'un gaillard bien trempé, toute « préoccupation anatomique mise de côté, je crois qu'il « serait dangereux de l'adopter pour type de beauté « masculine. C'est une idée toute morale, messieurs, « mais chacun de vous sait que l'italien passe pour un « homme mièvre. Dans mes voyages en Italie, j'ai appris « de plusieurs de mes amies mariées, l'une à un napo- « litain, l'autre à un romain, la troisième à un florentin, « qu'elles n'avaient pas lieu d'être satisfaites de leurs « époux. Ils craignent la chaleur, le froid, la fatigue, « que sais-je ! Tout leur est prétexte à se dispenser « d'actes pourtant indispensables à l'accroissement de « l'espèce. J'ai eu moi-même, dans ces voyages, occasion « de faire plusieurs observations avec documents à

« l'appui de ce que j'avance. Donner la préférence à un « type italien me paraît donc renfermer ce danger : à « savoir que nos maris pourraient se targuer de la « nationalité de notre idéal mâle pour se laisser aller à « de coupables négligences, et Dieu merci ! pas n'est « besoin qu'ils se relâchent encore !

(Succès enthousiaste et approbations énergiques du côté des dames.)

« J'arrive à Madame veuve C.... Sur sa pressante invi- « tation, je me suis rendue avec elle auprès du sujet « qu'elle me proposait. Ah! j'avoue qu'au premier « aspect j'ai été ébranlée. Ce jeune homme me sembla « posséder toutes les proportions nécessaires. Restait à « savoir s'il avait les suffisantes. Comme c'était le rival « le plus sérieux qu'on eut opposé à mon Apollon, je « convins que la chose demandait une étude soutenue. « Je pris le sujet chez moi. Je l'examinai à loisir dans « mon laboratoire. Pendant les premiers jours, je le « confesse, Messieurs, je ne fus pas éloignée de par- « tager l'engouement de Madame C... pour sa décou- « verte, mais quinze jours suffirent à me désiller les « yeux : ce jeune homme n'avait pas la proportion « suffisante du bassin !

(A cette dernière réfutation victorieuse un murmure des plus flatteurs circule dans l'assemblée.)

« J'en reviens donc à mon *Apollon* avec une ardeur « nouvelle, et plus je le contemple, plus je l'étudie, plus « je sens, Messieurs, que c'est bien là le type auquel « vous devez vous conformer, et si c'est trop dire, « duquel vous devez vous rapprocher. Hélas! que vous « en êtes loin encore!

(Grognement du président.)

« Oui, Monsieur le président, vous en êtes tous exces- « sivement loin! Vous le premier, Monsieur le pré- « sident. Je regrette d'avoir ici à faire des personna- « lités, mais puisqu'on m'y pousse, je ne reculerai pas. « Qui me contestera que Monsieur X..., notre honorable « confrère, ait un nez à mettre obstacle aux baisers les « plus passionnés.

(Monsieur X... demande à contester, mais sa voix se perd dans les rires.)

« Monsieur Z... protestera-t-il si j'avance qu'avec son « pied-bot, il lui faudra une petite voiture pour suivre « les jolies femmes.

(Monsieur Z... demande à protester sur la pointe de son pied-bot.)

« Enfin, on sera unanime à m'accorder que Monsieur « le président est éloigné des douces choses de l'amour « de toute la largeur phénomenale de son ventre obèse.

(Le président, dans un mouvement violent qu'il fait pour atteindre sa sonnette, heurte l'abdomen injurié au bureau présidentiel. L'orateur profite de la stupeur où le plonge la souffrance pour terminer.)

« Mesdames et Messieurs, je quitte cette tribune avec « le sentiment d'avoir émis une idée utile à la régénération physique de notre race en décadence. C'est à « vous, Mesdames, d'achever et de sanctionner mon « œuvre : N'écoutez les propos d'amour que le mètre et « le compas à la main ; que la mensuration soit le baromètre de vos affections, et à celui qui n'aura pas les « proportions voulues, dites ce que Dieu dit à la mer : « Tu n'iras pas plus loin !

(L'orateur descend de la tribune au milieu d'ovations. La séance est levée.

N. B. — La communication de Mademoiselle Adolphine Séton bouleversa le monde savant. La rumeur en vint jusqu'au ministère. Le gouvernement crut devoir prendre connaissance de Mademoiselle Adolphine ou plutôt de ses ouvrages. Enfin nous apprenons à la dernière heure que Mademoiselle Séton vient d'être nommée professeur libre d'esthétique à... l'École polytechnique.

(Extrait du *Bulletin de la Société Philandrologique.*)

TABLE DES MATIÈRES

IMPRIMÉ PAR A. PINAUD
18, RUE SAINT-SAUVEUR, PARIS

www.ingramcontent.com/pod-product-compliance
Ingram Content Group UK Ltd.
Pitfield, Milton Keynes, MK11 3LW, UK
UKHW021103260726
13994UKWH00002B/668

9 782329 463599